古典博物志

周文翰——著

花与画的
艺术之旅

FLOWERS & PAINTNG

长江出版传媒
长江文艺出版社

前言

> 如果你不能闻到芬芳
> 不要进入爱的花园。
> 如果你不愿意脱掉伪装
> 不要踏入真理的激流。
> 待在原地
> 不要踏入我们的道路。

这是苏菲派哲人鲁米的诗《爱的花园》，诗作以花香隐喻至理的蛛丝马迹，波斯人喜欢他们的花园，诗人常常以花木打比方，文学家常常描绘花园中发生的故事。中国人有类似的爱好，从两千多年前的《诗经》《楚辞》开始就以香草比喻美人、君子，《西厢记》《红楼梦》的主角也在花园中经历了许多悲欢离合。

人们喜欢从各自的文化背景出发赋予花卉以意义，这是我去印度、西班牙等地旅行时才有的强烈感受。印度各种寺庙的雕塑、绘画中常常出现花木，欧洲人也常常以花卉象征某种情绪、性格乃至神话人物，各地博物馆、教堂收藏的艺术作品中都可以看到花木的身姿，常常附属于某个古老的神话、美妙的传说、历史的故事。

在旅途中我也踏访了不少公园、植物园、私家花园和山野，见识了许多花木的形、色、味，遭遇了烈日、暴雨、阴晴以及各式各样的人和事，这点点滴滴的经历和博物馆中的视觉印象彼此印证，激发了我的写作和研究欲望，在咖啡馆里陆续写下许多这方面的文章，曾在《人民文学》《北京晚报》等处发表，出版过几本有关园林、植物的书。

正如白居易的诗歌所言，"花含春意无分别，物感人情有浅深"，写作本书对我来说是一次"回忆之旅"，想起了自小养花种草、游园观花的经历，融入了在世界各地旅行时的所见所闻所思。

这也是一本"跨界之书"，立足于中国古典诗歌、艺术、史事，穿行在古波斯、古希腊、古罗马、法国、美国、日本等多元文明之间，从文学、艺术、科学多个角度追溯了花木的物种传播历史和文化寓意变迁。文字之外，插图也有让文徵明、齐白石和莫奈、凡·高进行艺术对话的意图。古今中外的伟大诗人、艺术家留下了关于花木的众多精彩作品，启发着一代代的后来者去创造新的经典，去探索当代人的"风花雪月"和"无边光景"。

希望这本书能和那些怀着追寻之心的读者相遇，这里的文字和图像算是了解花与画的简要索引，更多的东西有待你踏足身边的那一片花园去寻找。

目录

| 梅 | 江南的滋味 / 001

| 兰 | 闺房到书斋 / 011

| 菊 | 秋天的象征 / 019

| 荷 | 亭亭出水中 / 029

| 睡莲 | 莫奈的眼光 / 041

| 玉兰 | 乾隆的喜好 / 049

| 水仙 | 自恋的神仙 / 057

| 茉莉 | 异域的飘香 / 065

| 月季 | 名字的歧途 / 073

| 玫瑰 | 爱情这一关 / 083

| 牡丹 | 女皇的乡思 / 097

| 芍药 | 殿春可堪赠 / 107

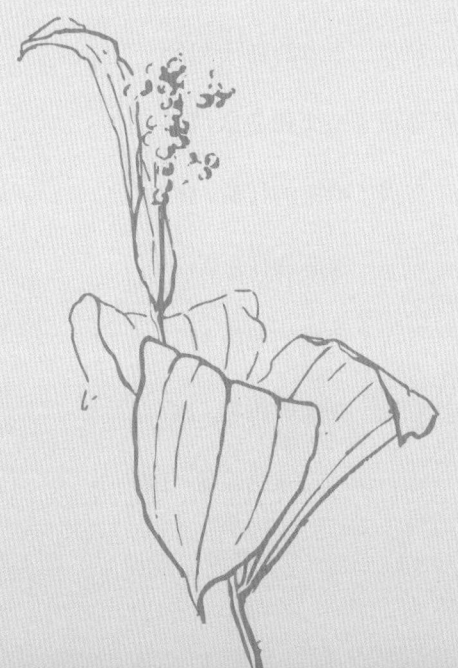

| 芙蓉 | 水边的优雅 / 113

| 百合 | 纯贞的白色 / 119

| 杜鹃 | 美丽的远行 / 127

| 山茶 | 苏东坡之赏 / 137

| 紫藤 | 白居易之咏 / 147

| 紫薇 | 东来的官气 / 155

| 紫荆 | 杂交和杂念 / 161

| 朱槿 | 岭南的红颜 / 167

| 萱草 | 遗忘和怀念 / 173

| 昙花 | 夜晚的期待 / 179

| 琼花 | 扬州的传奇 / 187

| 康乃馨 | 母亲的冠冕 / 193

| 栀子花 | 爵士乐之味 / 201

| 鸡冠花 | 在佛前显形 / 207

| 紫丁香 | 幽怨的姑娘 / 213

| 郁金香 | 东方和西方 / 219

| 紫罗兰 | 命名的误会 / 227

| 鸢尾花 | 凡·高的田野 / 235

| 薰衣草 | 香水的秘密 / 243

| 牵牛花 | 乡土的气息 / 249

| 向日葵 | 太阳的神话 / 257

参考文献 / 265

后记 / 268

月下观梅图　绢本设色　25.1cm×26cm　南宋　马远　纽约大都会博物馆

梅

江南的滋味

雪后千林尚冻,城边一径微通。

柳梢摇曳转东风。

来看梅花应梦。

酒面初潮蚁绿,歌唇半启樱红。

冰肌绰约月朦胧。

仿佛暗香浮动。

——南宋·王之道《西江月·赏梅》

这首南宋文人王之道的词《西江月·赏梅》恰好可以作为马远的画作《月下观梅图》的说明:雪后的月夜,一位雅士和琴童从城墙边缘的小道走到山岭边,几树梅花散发出暗暗浮动的香味,这位持杖的雅士欣赏完梅花,走到山下一块岩石边坐下,对着春夜的山野若有所思,身后携带古琴的童子也正望着幽幽的月色出神。

马远是南宋光宗、宁宗时的画院画家,流传下来多幅这样以小见大的扇面画,他画山、水只画一角,占据画面的一小块,号称"马一角",刻意留出大片的空白让人可以散发幽思。这幅画里的山就是一角,近处用焦墨勾勒梅树曲折多姿的树干,后面隐约还有梅枝斜伸。

马远的这幅画可能与北宋爱梅成痴的"著名隐士"林逋有关。林逋长期居住在西湖孤山,爱赏梅、养鹤,经常坐小舟外出游览西湖各处,如果有客人来访而他不在家,门童就会放出鹤,林逋见到飞翔在空中的鹤就知道家里有客人来了,会坐船回家待客。他也是一位著名诗人,写有"疏影横斜水清浅,暗香浮动月黄昏"的咏梅名句。林逋在当时的文人阶层中享有很高的声誉,与王随、范仲淹、梅尧臣等高官、名人、僧道都有诗歌唱和,宋真宗、宋仁宗也都听闻他的大名,宋仁宗还在这位隐士故去后赐赠谥号"和靖先生"。

在南宋时候,杭州是首都,林逋的故事成了来来往往的文人皆知的一则文学典故,许多人都曾在诗文中提及。也是在这一时期,梅花成了绘画中的一大主题,或许马远等人创作的类似画作参考了林和靖赏梅的故事。诗人张道洽还曾把林和靖和

和靖爱梅图　纸本设色　122cm×67cm　清代　黄慎　南京博物院

画梅名家杨补之一起写入《咏梅杂诗》：

> 风流百世林和靖，洒落三生杨补之。
> 一自闽风归去后，几回展画又观诗。

在欣赏梅花的姿容、香味之前，中国人更熟悉的是梅子酸涩的滋味，在先秦时代，梅子是古人最重视的调味品之一。

现代植物学家考证，梅树最早野生于云南四川一带，逐渐传播到长江流域、台湾地区，进而远至朝鲜、日本、越南。在没有文字的史前时代人们就喜欢上了梅子的味道。1979年发掘的裴李岗遗址发现了7000年前的梅核，江苏吴江梅堰镇新石器时代遗址中也出土了梅核，说明中国人采集食用梅子至少有7000年的历史。

河南安阳殷墟的铜鼎里找到过3000年前的梅核，正好佐证记述商周史事的《尚书》中"若作和羹，尔惟盐梅"的记载，那时候人的主食就是加各种佐料煮出来的羹，因为那时候还没有发明醋，人们烹调时用酸溜溜的梅子和盐调味。后来出现了把青梅用盐渍晒干后再研成末的酸味调料。这种习惯至今仍在云南下关、大理一带白族、纳西族人的生活中延续，他们烧鸡、炖肉时仍放些青梅来调味。

在先秦时代梅子是最重要的酸味调料，所以很早人们就开始栽种梅树，这才有了《诗经·召南·摽有梅》的歌咏：

> 摽有梅，其实七兮。求我庶士，迨其吉兮。
> 摽有梅，其实三兮。求我庶士，迨其今兮。
> 摽有梅，顷筐塈之。求我庶士，迨其谓之。

暮春采青梅的时节，一位女子边采摘成熟的梅子，边感叹时光的易逝，盼望有好小伙主动前来追求自己。召南位于今天陕西南部，先秦时期气候要比现在温暖一些，所以梅树可以在那里生长。到公元前后北方变冷，那以后梅树就主要生长在黄

梅花双雀图　绢本设色　28cm×29cm　宋代　马麟（传）　东京国立博物馆

淮以南地区了。

魏晋以前人们重视的是可以吃的酸涩梅子，到南北朝时梅文化有了巨大的转变。在吃梅子之外，北方迁居到南方的世族文士、南方本地的文化精英都开始注重对江南风物的欣赏和歌咏，梅花成为诗文描绘、咏叹的对象。

最初，梅花与桃花、杏花一样，被视作易凋的美艳之物，并没有什么宏大的道德寓意。南北朝诗人鲍照在《中兴歌》甚至贬低梅花说：

梅花一时艳，竹叶千年色。

愿君松柏心，采照无穷极。

梅花仕女图　纸本设色　96cm×42.6cm　清代　任伯年　辽宁省博物馆

中唐时，才有诗人特意从凌寒开放、冲雪报春的方面歌咏梅花，如中唐闽越诗人朱庆馀在《早梅》诗中写道：

> 天然根性异，万物尽难陪。
> 自古承春早，严冬斗雪开。
> 艳寒宜雨露，香冷隔尘埃。
> 堪把依松竹，良涂一处栽。

从南北朝至宋代梅花越来越出名、寓意越来越"高大上"，有个隐含的文化背景是：梅树主要生长在气候湿润的长江流域，南北朝之前中原经济、文教更为发达，文人多出于北方，他们对梅花之类主要生长于江南的花木了解不多，品鉴不深。而南朝以来，江南地区渐渐成为经济和文教中心，出仕、出名的文人墨客越来越多，自然也会标举自己熟知的梅花之类江南常见植物的优美和德性。

五代人王仁裕所著《开元天宝遗事》记载了一则有关"梅妃"的传说，南宋人李俊甫在《莆阳比事》说梅妃生于福建莆田，擅长文辞，"常淡妆雅服，姿态明秀，性喜梅，所居栏槛悉植之，榜曰梅亭"，这个人物显然是晚唐到北宋时期文人虚构的文学形象，凸显了女性温婉之美，这是刻意与杨贵妃对垒，而后者常以牡丹花、荷花作为象征。

江南文人写了那么多咏梅的诗歌，一大原因就是当地的农民种植了许多果梅，花开的时候自然是一大景观。梅子成熟以后，农家就用它来制作各种调料、小吃，如北魏贾思勰《齐民要术》中记载说梅子可以生吃，可以做蜜饯，也可以煮熟曝干磨碎给羹汤调味，还可以含着改善口腔气味。李白写的"郎骑竹马来，绕床弄青梅"，虽然描述的是小儿女情态，却也说明当时江南采集青梅制作蜜饯之类颇成风气。

北宋以来，士大夫文人常以花木喻人言志，把花木的生物性与君子的品行关联在一起给予称颂。这一时期关于梅花的诗词文章大量问世，梅与松、竹开始被并称

"岁寒三友",也出现了梅岭、梅峰、梅园、梅溪、梅径、梅坞这样的景点。南宋文人范成大不仅作有关梅花的诗词,还在约1186年写出世界上第一部艺梅专著《梅谱》。

一开始梅花都是单纯的五瓣花朵,呈淡粉红或白色,后来在人工栽培的过程中嫁接选育出复瓣、重瓣、台阁等欣赏梅变种,花色也有紫、红、彩斑、淡黄等多种。

近代日本和欧美的交流更为紧密,欧美人首先从日本了解和引种梅花,所以拉丁文学名 *Prunus mume* 里有日语发音的"mume",也被称为"日本杏(*Japanese apricot*)",实际上日本的大多数梅花品种是公元8世纪以后从中国传去的,读音也来自汉语。可是欧美人并不热衷欣赏梅花,也不吃酸涩的梅子。这似乎是不同的审美观带来的差异:近代欧洲人喜欢花大色艳的花木,而对中国传统文人来说小小的梅花之美不仅在于花朵本身的大小、颜色、香味,还在于梅树曲欹的姿态,以及对梅花有关的文化典故、道德寓意、欣赏情景的一系列联想。

有趣的是凡·高曾经描绘过梅花,他曾经临摹著名画家歌川广重1857年绘制"江户百景"系列之一《龟户梅屋铺》。19世纪日本流行旅游景点的风景浮世绘装饰画,歌川广重的画描绘的是龟户梅园的一株古梅,称为卧龙梅,这是许多文人墨客喜欢在冬季欣赏的景观,他描绘了从卧龙梅的树枝之间远望梅园中的一棵棵树木和赏梅者小小的身影。

浮世绘版画在19时期后期的欧洲画家中非常流行,对莫奈等人的创作都产生了影响。荷兰画家凡·高也是如此,西欧没有这种放大前景事物并强调远近感的构图,让凡·高感到非常新奇。更有意思的是,凡·高还增加了原画中没有的两侧的日文文字,乍看像是对联但实际上字数并不对等,可以说这幅画是凡·高眼中的"异国情调"。

从现代植物学角度看,宋代诗人写的许多咏梅诗是关于蜡梅(*Chimonanthus praecox*,又名雪梅、黄梅、干枝梅)的,蜡梅与梅花其实有差别:梅花属蔷薇科,而蜡梅属蜡梅科,长得明显比梅树要矮,而且开的花通常是黄色,结出的果为瘦纺锤形,都与梅花不同。南宋范成大在《梅谱》中分辨说"此物本非梅类,因其与梅同时,香又相近,色酷似蜜蜡,故名'蜡梅'"。又因为花期为农历腊月,又名"腊梅"。

龟户梅屋铺　浮世绘　1857年　歌川广重

盛开的梅树（临摹《龟户梅屋铺》）
布面油画 55cm×46cm 1887年
凡·高（Vincent van Gogh）
阿姆斯特丹国立凡·高博物馆

梅：江南的滋味

诗歌中最早提到腊梅的是晚唐诗人杜牧，他在春节时写了一首《正初奉酬歙州刺史邢群》，提道：

> 翠岩千尺倚溪斜，曾得严光作钓家。
> 越嶂远分丁字水，腊梅迟见二年花。
> 明时刀尺君须用，幽处田园我有涯。
> 一壑风烟阳羡里，解龟休去路非赊。

蜡梅是中国原生的植物，大约在 1611 年至 1629 年期间传入日本，1766 年从日本传入欧洲，由于它需要的气候条件要稍冷而又不能太冷，在欧美只有极零星的地方有种植。奇特的是伊朗倒是有不少蜡梅树，很可能是宋元时候的波斯商人带过去的吧。■

兰花(《花鸟图册》十开之一) 绢本设色 32.6cm×28.6cm
清代 郎世宁 北京故宫博物院

兰
闺房到书斋

开窗秋月光,灭烛解罗裳。

含笑帷幌里,举体兰蕙香。

——魏晋·无名氏《子夜四时歌·秋歌十八首·其四》

魏晋时期的《子夜四时歌》的妙处是不直接描绘人物的形貌,而是以笑声和香味呈现一位女子的闺房风情,让人印象深刻的是那闺房里散发着兰、蕙这类香草的味道。

兰、蕙是先秦至汉代中原人极受重视的香草,《礼记》中记载周代贵族春季祭祀的礼俗是"大夫执薰(即蕙),诸侯执兰"献给祖庙。在南方,《楚辞》中也有"既滋兰之九畹,又树蕙之百亩"的说法,屈原在《离骚》中提到种兰、蕙、留夷、揭车、杜衡、芳芷之类香草,割下来可以用于祭祀、沐浴、熏燃等,可能当时已经有较大规模的人工种植。

蕙很可能指现在人所知的报春花科植物灵香草(*Lysimachia foenum-graecum*)。它现在华南各地广泛分布,叶子长的像罗勒,枝干晒干以后有浓郁香味。在湖南、广西交界的零陵县一带有分布,这里是传说中上古部落联盟领袖舜和两位妻子的陵墓所在的地方。到唐代,灵香草是零陵向皇帝进贡的土特产之一,所以也被称为"零

红花兰图　绢本设色　63.7cm×40.5cm
清代　金农　北京故宫博物院

蜂鸟栖息在热带兰花上　布面油画　50.8cm×38.7cm
1901年　马丁·黑德（Martin Johnson Heade）

陵香"。诗人刘禹锡曾写过《清湘词》称许这里的风物：

> 湘水流，湘水流，九疑云物至今愁。
> 君问二妃何处所，零陵香草雨中收。

至于"兰"，则是先秦至南北朝泛指中原常见的泽兰类植物。《诗经》中描写郑国风俗是三月的时候在溱、洧两条河边手持兰草祛除鬼怪，为故去的亲人招魂。据考证溱、洧两条河就是今天河南中部的双河及其支流，当地至今还生长着一些菊科泽兰属植物，花朵和枝叶散发出类似菊花一类的香辛味道，显然和现在大家知道的几种兰属观赏植物如寒兰、墨兰的花朵散发出的清幽香味不同。

泽兰属的香草曾经是黄淮流域常见的植物，如西汉末在长安做官的刘向在《说苑》中说"十步之内必有芳兰"，西晋张华用"兰蕙缘清渠，繁华荫绿渚"描述洛阳水边香草繁茂的风光，说明在陕西、河南作为香草的泽兰属植物很常见，甚至是野草，而非那些需要细心栽培、关注水土的喜阴植物。此时人们依然有互赠兰草的习俗，如西晋文人潘尼曾在《送大将军掾卢晏诗》中说：

> 赠物虽陋薄，识意在忘言。
> 琼琚尚交好，桃李贵往还。
> 萧艾苟见纳，贻我以芳兰。

但是从南北朝到唐初，"兰"的指称和文化寓意有了重大变化。一方面，泽兰类的本土香草的好闻程度、持久程度比不上外来的许多异域香料，东汉以来渐渐不再被权贵重视；另一方面，南朝时一些文人开始欣赏江南本地出产的春兰、惠兰等花木，把它们当观赏植物栽种在园林中，如梁武帝时的文人官员岑之敬在《对酒》中写到在高官家中做客见到"色映临池竹，香浮满砌兰"，似乎当时人已经用砖石之类围栽兰花以便于浇水和透水。

到了唐代"砌"和"兰"常常一起出现,如唐太宗李世民写皇家园林风景的《秋日即目》一诗"砌冷兰凋佩,闺寒树陨桐"的句子。李世民对南方的园林和文化有浓厚的兴趣,可能就是在他的推崇下,唐代贵族开始重视在园林中栽种兰花。他的儿子唐高宗李治也曾写过"砌兰亏半影,岩桂发全香"的诗句,"砌兰"和"岩桂"指从江南移植到皇宫的新奇植物兰花和桂花树,它们本是长在江南湿暗地方的花木,因为花朵能散发香味受到特殊重视,就被移植到权贵的花园中栽培观赏。

曾在唐高宗、武则天、唐中宗、唐睿宗时活跃的文人宋之问被流放广西,他在路上写过《发藤州》一诗,用"恋切芝兰砌,悲缠松柏茔"一句表达自己对京城生活的怀恋,可见当时用砌养兰已经是贵族阶层的时尚。晚唐冯贽编撰的《记事珠》中"贮兰蕙"条记载唐玄宗时的诗人王维曾"以黄瓷斗贮兰蕙,养以绮石,累年弥盛",和今天人们养兰花的方式类似。

中唐诗人元稹注意到兰花不耐积水的特性,他在《有酒十章》说"污高巢而凤去兮,溺厚地而芝兰以之不生"。晚唐在浙江、四川活动的僧人贯休在《书陈处士屋壁》一诗中提到陈处士"种兰清溪东",选育有"白云""紫桂"等佳品,著有文章《种兰篇》,可见当时已有人专门研究了兰花的栽培。宋代《清异录》中记载南唐君主在保大二年(944年)曾到御花园的饮香亭"赏新兰",并下令园林主管官员取"沪溪"的好沙土养兰,似乎还曾给予兰花"馨香侯"的美称。

宋代南方士大夫在官场、文坛影响力更大,对国兰的描述和栽培欣赏更为广泛,文人也开始赋予花木以更多的文化意义。他们称赞兰花的清香和优雅的姿态,把它当作洁净、忠贞、高尚等道德品质的象征,和士大夫的修养、道德联系起来。

尤其是在南宋,兰花成了常见的绘画题材。此时出现了一些以画兰著称的艺术家,如宋太祖十一世孙赵孟坚就是那时候的著名画家,他在南宋考中进士后曾经担任知县、知府、翰林学士等官职,擅长白描梅、兰、竹、石,他取法杨无咎,首创墨兰的画法,淡墨微染,笔致挺秀,花叶纷披,风格清雅,深得后世推崇,有《墨兰图卷》传世。

宋末元初的文人郑之因也擅长作墨兰。他是个有性格的文人,在南宋灭亡后不承

墨兰图卷　纸本水墨　34.5cm×90.2cm　南宋　赵孟坚　北京故宫博物院

认元朝统治，决心不和蒙古人打交道，把自己的田产委托寺庙管理，浪迹于吴中道观、禅院，自称"孤臣"，改名"思肖"，因肖是宋代皇室姓氏"赵"的构成部分，表示不忘故国，心慕赵姓的意思。他的字"忆翁"，号"所南"也都含有怀念赵宋的意思。

传说郑思肖和著名画家赵孟頫原来有交往，后来赵孟頫为了谋生去大都当官，他就和赵绝交了。这大概是明代苏州文人编撰的故事，赵孟頫活着的时候是当时最著名的画家、高官，主要在湖州、杭州和北京活动，和一生在苏州生活的郑思肖应该没有多少交往，也谈不上绝交不绝交。

郑思肖的画作在元初的江南地区颇为有名，宋末元初的杭州诗人张炎曾在《清平乐·题处梅家藏所南翁画兰》一词中描述郑思肖的作品风格：

> 黑云飞起，夜月啼湘鬼。
> 魂返灵根无二纸，千古不随流水。
> 香心淡染清华，似花还似非花。
> 要与闲梅相处，孤山山下人家。

传说当时有不少人前去郑家求画,他常常拒绝,觉得性情相投的则宁愿赠送画作,曾经在画上自题"求则不得,不求或与。老眼空阔,清风万古"。他存世的兰花画作极其少,现存《墨兰图卷》藏于日本大阪市立美术馆,《墨兰图》藏于美国耶鲁大学美术馆。■

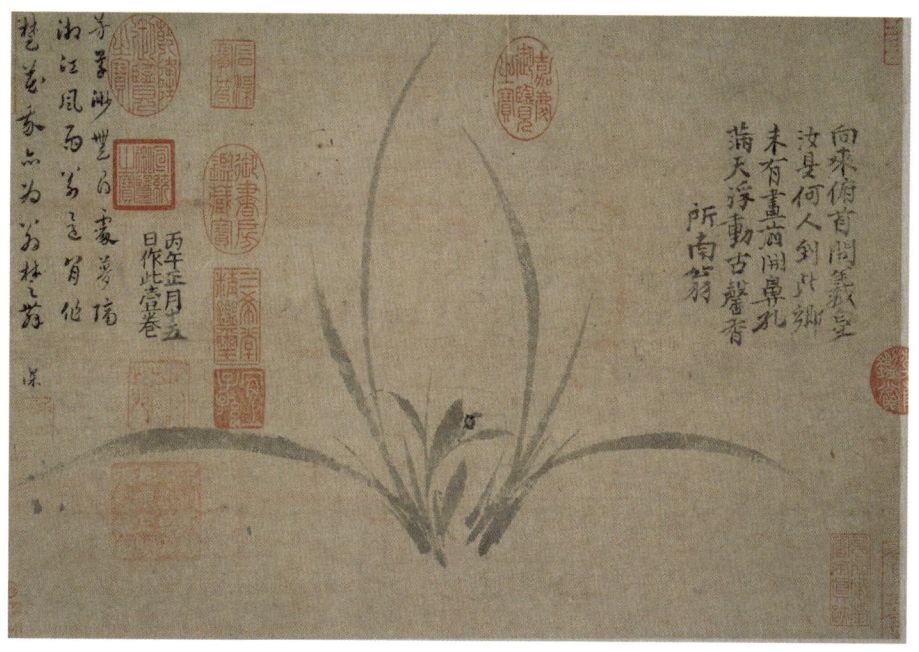

墨兰图　纸本水墨　25.7cm×42.4cm　元代　郑思肖　大阪市立美术馆

菊丛飞蝶图页　绢本设色　23.7cm×24.4cm　宋代　朱绍宗　北京故宫博物院

菊
秋天的象征

> 结庐在人境，而无车马喧。
> 问君何能尔，心远地自偏。
> 采菊东篱下，悠然见南山。
> 山气日夕嘉，飞鸟相与还。
> 此中有真意，欲辨已忘言。
>
> ——晋·陶渊明《饮酒二十首·其五》

《饮酒·其五》可能是陶渊明最为人所知的一首诗，这种风轻云淡的气度曾经让无数后人叹服。

陶渊明大概算南朝最"轴"的文人，他的曾叔祖陶侃是东晋初年的高官名臣，祖父陶茂也曾官至太守，外祖父孟嘉是东晋名士，但是陶家毕竟是寒族，没有世家大族那样深厚的宗族势力和社交网络，祖父那一代也缺乏深谋远虑，家族没有能保持昌盛，到陶渊明父亲这一代大多已经默默无闻。陶渊明觉得当小官整天迎来送往没有意思，就辞职隐居到乡下，以饮酒、赋诗为乐。他曾经在好几首诗文中提到采菊，另一首《饮酒二十首·其七》中就说：

松菊犹存　纸本设色　158.5cm×83.5cm　1914年　王震

> 秋菊有佳色，裛露掇其英。
> 汎此忘忧物，远我遗世情。
> 一觞虽独进，杯尽壶自倾。
> 日入群动息，归鸟趋林鸣。

在唐代，仅有王维、杜甫、温庭筠等十来个诗人把陶渊明和菊花联系在一起，写过有关的诗歌，这时候的陶渊明大概只能算是文化史上的"名家"。到了宋朝，因为苏东坡等人的推崇，陶渊明成了著名的文化偶像，成百上千的文人都在诗文中颂扬陶渊明，把饮酒赏菊作为雅事，"采菊东篱下"也就成了一大文学典故和绘画主题。还有人把陶渊明采菊当成绘画题材，如南宋诗人赵蕃曾经收藏这样的画作，还曾写过《题旧日所藏晋陶渊明采菊东篱下悠然见南山画》一诗：

> 未必形模似，良由意象高。
> 见山非得得，遇酒辄陶陶。
> 芜没念三径，飘零悲二毛。
> 南征倪亡恙，归老旧蓬蒿。

从宋代开始菊花一直是中国花鸟画中的常见主题，比如晚明的画家徐渭也爱画菊，曾经在自己的画上题写：

> 身世浑如拍海舟，关门累月不梳头。
> 东篱蝴蝶闲来往，看写黄花过一秋。

菊科菊属的各种野生菊花在亚洲和欧洲东北部都有分布，但最早人工栽培菊花的是中国人，中国以前最常见的菊花（*Chrysanthemum morifolium* Ramat.）可能是毛华菊与野菊种间杂交，再与紫花野菊、菊花脑等多次杂交后选育而来的。

两千多年前的中原和楚国都把菊花当作秋天的象征，《礼记》中记载古人把"鞠（菊）有黄华"和大雁从北方飞来当作九月"季秋"之时的重要现象，开启了将花期与季节月令相联系的传统。《楚辞》中有"朝饮木兰之坠露兮，夕餐秋菊之落英"的名句，开了吃菊花的先河。

汉代《神农本草经》把菊花当作药材，说"久服利血气、轻身、耐老延年"。古人以为九月九日重阳节正值地气上升与天气下降的二气交接之时，为避免接触不正之气，人们需要登高辟邪，魏晋时候逐渐发展出头佩茱萸登高、喝菊花浸泡的米酒的习俗，当时帝宫后妃皆称菊花酒为"长寿酒"，当作滋补药品相互馈赠。魏代文人钟会延续屈原的调子，写《菊花赋》颂扬秋菊的姿容和重阳赏菊的习俗。南北朝时除了像陶潜这样种菊花酿酒的，也有栽种在园林中欣赏的，如庾信曾经写诗描绘园林中的菊花：

旱莲生竭镬，嫩菊养秋邻。

满池留浴鸟，分桥上戏人。

到唐代，菊花已经是园林中的常见品种，在黄菊之外还出现了白居易诗中写过的白菊、李商隐咏叹过的紫菊，花匠也开始采用嫁接法繁殖菊花。

陶渊明的名气在宋代远远大过唐代，宋人从他的故事中刻意强调菊花是"花之隐逸者"。北宋出现的第一部菊花专著《菊谱》里只记录了36个品种的菊花，到明清已经有两百个左右的品种，达到中国菊花栽培的一个高峰。此时菊花就不只是黄色了，出现了诸如绿云、金背大红、玉堂金马、鬃翠佛尘、汴梁绿翠等名菊，看名字就别致。像"绿牡丹"的花就碧绿如玉，日晒后透出黄色。

这时候菊花由室外露地栽培发展到盆栽，并能用其他植物作砧木进行嫁接，花色也出现了绿色的"绿芙蓉"、黑色的"墨菊"等稀有品种。临安每至重九的花会谓之"开菊会"，人们在这一天有喝酒赏菊的习俗，宫廷内也养菊、插菊花枝、挂菊花灯、饮菊花酒。

宋人说菊"苗可以菜，花可以药，囊可以枕，酿可以饮"，现在还是如此，菊花茶在餐馆里常见，花瓣气味芬芳，绵软爽口，也还有人当菜吃，吃法也很多，可鲜食、干食、生食、熟食、焖、蒸、煮、炒、烧、拌，还可切丝入馅。

菊花早在古代就走出国门，公元8世纪中国栽培的观赏菊花传到朝鲜、日本以后，日本将其与当地野菊品种进行杂交，形成了日本栽培菊系列。清代的时候日本的菊花还返销到中国，成为稀奇货，乾隆皇帝曾于乾隆二十一年（1756年）召集当时的名花卉画家邹一桂绘制内廷洋菊36种，并赐题诗文，邹后来还据此出版一套《洋菊谱》，记花之名品、形状，以志其荣遇。

乾隆皇帝喜欢园林和花木，他每年秋季几乎都去木兰围场秋狝，快重阳节的时候返回京城，在御花园中欣赏菊花。他曾让苏州山石高手模仿苏州著名园林狮子林的格局，在北京长春园的东湖北岸修建了一处叫"狮子林"的假山景点。乾隆三十七年（1772年）中秋时，在狮子林的两座假山上拜访了四十四种不同的洋菊后，乾隆一高兴就为每一种菊花写了一首诗，宫廷画家李秉德受命一一描绘了这些外来的菊花品种，另一位大臣于敏中用毛笔书写了乾隆的诗，留下了《御制题洋菊四十四种》这一作品。

正如樱花是春天的象征一样，菊花在日本是秋天的象征，在公元9世纪宇多天皇创建的皇家园林里它是主角之一，那时候也出现了大型的赏菊会。中国每年的九月初九重阳节在日本又称"菊节"。在这一天，皇太子率诸公卿臣僚到紫宸殿拜谒天皇，君臣共赏金菊、共饮菊酒。10月，天皇再设残菊宴，邀群臣为菊花践行。12世纪初期的后鸟羽上皇对菊花特别喜爱，将其作为自己的标志，后来"十六花瓣八重表菊花纹"就成为日本皇室的家徽。

后来美国人类学家本尼迪克特的《菊与刀》一书以"菊花"来象征日本的民族性。对古人来说菊花是秋天最后耀眼的颜色，随着菊花的掉落而来的是阴沉的冬季，就好像生命最后的闪光一样，如此看来日本人欣赏菊花、樱花是相通的，里面都有对于季候和死亡的敏感。

把菊花和死联系在一起的，中国古代也有过一首诗：

赏菊图　浮世绘彩色木版印刷　19世纪初　歌川丰国

> 待到秋来九月八，我花开后百花杀。
> 冲天香阵透长安，满城尽带黄金甲。

这首《不第后赋菊》多归在唐末兴军起义的黄巢名下，可如此单调鄙俗，不像是饱读诗书的落第秀才黄巢所作。黄巢的家乡菏泽也从不以菊花著称，明清以后倒是以种植牡丹闻名天下。所以这首诗更可能是宋元间的小说家、戏曲家伪托创作，特意突出黄巢的反传统气质，算有点小创意。

1688年荷兰商人从中国、印度引种菊花到欧洲栽培，1689年荷兰作家白里尼（Bregnius）曾有《伟大的东方名花——菊花》一书。1789年，马赛的法国商人带了三个品种的菊花回国，其中大花菊花存活了下来。1843年英国植物学家罗伯特·福琼（Robert Fortune）曾先后从浙江舟山群岛和日本引入菊种，并进行杂交育种，形成各类型的英国菊花，在当时是花店和花园最流行的花木之一。欧美对于菊花的寓意有地区性的差别，比如在美国人看来菊花表达的是积极的祝福，可以送给参加球赛、乔迁新居的朋友，但是比利时、奥地利、意大利等许多地方的人把菊花当作在葬礼上才使用的纪念花卉。

在日本，菊花很早就指向"男性之爱"。《雨月物语》里"菊花之盟"讲述的就是儒生丈部左门收留了旅途中病倒的赤穴宗右卫门，性情相投，成为好友，临别之时，两人约定来年九月初九重阳节相聚，不幸赤穴宗右卫门之后故去，一年以后他的鬼魂如期赴约来履行承诺。后来大岛渚导演的著名同性恋电影《御法度》中还引用过这个故事。

现在花店中常见的矢车菊（*Centaurea cyanus*）、雏菊（*Bellis perennis*）都是近代才从欧洲引进的花木。矢车菊原是欧洲东南部常见的野花，比传统的中国菊花花瓣细小，每到夏天一朵朵蓝色矢车菊就悄然出现在中欧的田间地头，茎叶上还有白色的绵毛。这花引进中国以后也叫蓝芙蓉、翠兰，都着眼于它特别的花色，其实现在白色、红色各种颜色都有。还有人用矢车菊的花瓣泡菊花茶，也不知道这进口菊花品种和原产品种的滋补作用是否相同。

雏菊的原产地也是欧洲，又称春菊，因为它在早春开花。雏菊不像菊花的花瓣那样纤长、卷曲，而是短小笔直，像未成形的菊花，故名"雏菊"。欧洲有些地区也称雏菊为"圣马格丽特之花"，这是因为中世纪的基督教会在纪念圣人时常以盛开的花朵点缀祭坛，教堂的花园里也种植各种花木，后来教士们干脆把一年366天的圣人分别和不同的花朵对应起来，形成所谓的花历，而雏菊就是用来祭祀13世纪因拒绝父亲选定的夫婿而进入修道院的匈牙利公主圣马格丽特的。

马格丽特也可以说是一位隐士，她从王室逃入到修道院，而中国人陶渊明则是从官场逃到南山脚下，种菊花、喝酒、读书、写诗。■

菊：秋天的象征

菊花　布面油画　55.2cm×46.3cm　19 世纪末 20 世纪初
丹尼·奈特（Daniel Ridgway Knight）

奈特出生在美国，在巴黎美术学院学习绘画艺术，之后长期定居巴黎郊外小镇普瓦西（Poissy）、罗勒博伊西（Rolleboise），他创作了许多清新、优雅的乡村风景题材作品，是当时法国最受欢迎的乡村生活画家之一。这幅作品描绘一位女子正全神贯注把开满菊花的茎秆系在一根木桩上，她的花圃坐落在一片田园诗般的山坡上，背后是平缓的河流和连绵的丘陵。

出水芙蓉图　绢本设色　23.8cm×25.1cm　南宋　吴炳　北京故宫博物院

荷

亭亭出水中

彼泽之陂，有蒲与荷。

有美一人，伤如之何。

寤寐无为，涕泗滂沱。

彼泽之陂，有蒲与蕑。

有美一人，硕大且卷。

寤寐无为，中心悁悁。

彼泽之陂，有蒲菡萏。

有美一人，硕大且俨。

寤寐无为，辗转伏枕。

——先秦《诗经·泽陂》

在《诗经》中的荷花的美让情人联想到了自己恋爱的对象，辗转反侧地思念起来。这里的"有美一人"，可以是女子，也可以是男子，但是在之后的大多数时代人们都把荷花和女子联系在一起，到北宋时周敦颐的《爱莲说》横空出世，首先用荷花象征君子的情操，才算扭转了"重女轻男"的局面，这是文化史上的一段有趣故事。

荷花是古人熟悉的植物。远在人类出现以前的一亿零四千五百年前，在地球上遍布海洋、湖泊和沼泽的氤氲环境中，荷花广泛分布在北半球，在今天南亚、东亚和东南亚的河流和沼泽湖泊中伸出绿色的伞盖，开出了或红或白的花朵；在中北美洲及加勒比地区的还有一种开黄色花朵的"黄莲"。

以前许多部落居住在靠近水源的河边湖畔，这也是野生荷花最喜欢生长的地方。7000年前浙江余姚的河姆渡部落采集的野果之一就是莲子，河南郑州大河村发掘的仰韶文化房基遗址里也曾发现过两粒碳化的莲子，说明在5000年前中原人就食用它们。

之后，人们对荷花的了解越来越详细，汉代的《尔雅》中说"荷，芙渠；其茎，茄；其叶，蕸；其本，蔤；其华（花），菡萏；其实，莲；其根，藕；其中，的；的中，薏。"意思是说荷花又名"芙渠"，它的茎称作"茄"，叶称作"蕸"，根称作"蔤"，花称作"菡萏"，果实称作"莲"，根称作"藕"，种子称作"的"，种子的中心称作"薏"。"蔤"和"藕"都是荷花的地下茎，蔤是地下茎生长的前期，较为纤细；藕为地下茎生长后期，五六月的时候被人们挖出来当菜吃。

人们开始是采集野生的荷花的莲子、藕，到南北朝时期就有了人工栽培，贾思勰在《齐民要术》中记录了当时的种藕法："春初，掘藕根节头，著鱼池泥中种之，当年即有莲花。"汉唐时人认为莲子、藕不仅有食用价值，还是修道之士吃的养生药物，因此学道之人喜欢把莲子磨成粉末当饭吃，认为可以"轻身益气，令人强健"。江南产藕、吃藕历史悠久，苏州产的藕在唐代是地方向皇帝进献的土特产之一。为了供应市场，南宋时杭州人发明了在农田中种植浅水藕的方法，可以减少挖藕的难度。

魏晋以后的乐府歌辞里，采莲曲非常流行，采莲的男女泛着一叶轻舟，穿梭于荷丛之中寻找莲蓬，那种"乱入池中看不见，闻歌始觉有人来"的情景引起许多人美妙的遐想：由于"莲"与"怜"音同，所以古诗中有不少借"莲"表达爱情的诗句，如南朝乐府《西洲曲》：

荷：亭亭出水中

赐莲图 绢本设色 141cm×62cm 清代 蒋廷锡 东京国立博物馆

> 采莲南塘秋，莲花过人头。
>
> 低头弄莲子，莲子青如水。

"莲子"即"怜子"，是那个女孩正在怀想的英俊少年吧。文人把少女采莲的场景描写得非常诗情画意，但是很多时候这是非常累的体力活，莲子的采收必须适时，过早采收莲子不充实，过晚采收则果皮和种皮不易剔除，因此等到莲子成熟时必须赶时间连续采收。采收的时候大多是剪下整个莲蓬堆在船上，多了就运到岸边房前，然后用手一一剥出果实，用快刀划开，剥去壳皮，晒干以后即是可以长期保存的莲子。

对古人来说，采莲子不仅是一项经济行为，还是一种社交活动，每到莲子成熟的时候，河湖附近的人家都要划船去采莲，尤其是年轻女子常常同船而行，彼此唱和，既可以舒缓劳累，也能传达情爱思绪，这活泼的生活方式自然逃不开南朝文人诗人的关注。大约梁武帝的时候官方诗人根据民歌谱曲编成了乐府诗歌《采莲曲》，后来历代不乏学步者，王勃、李白等诗人写过以《采莲曲》为名的诗歌，许多明清画家都创作过采莲图一类的作品。

除了吃莲子、藕，人们也很早就欣赏赞美荷花的美丽。战国时期的文人屈原在《离骚》中赞美它的幽雅姿容："芙蓉始发，杂芰荷些，紫茎屏风，文缘波些。"楚国人还将荷花的姿态之美用在器物设计制作上，《楚辞》中提到权贵乘坐的车上设有装饰美丽彩绘的荷叶形状的"荷盖"遮阳挡雨，另外还穿着"荷衣"，可能是一种染色鲜明如荷花的衣服，或者形容这种衣服如同张开的荷花一样有褶皱起伏。

1923年河南新郑的郑公大墓出土了两只莲鹤方壶，壶盖四周是两层莲瓣二层，莲瓣中央是昂首展翅正欲飞起的仙鹤，春秋时代郑国居于晋、楚两大国之间，在夹缝中只能"朝晋暮楚"，这件青铜器可能受到楚文化的影响，甚至有可能是晋楚鄢陵之战中，楚军战败逃遁后遗留的器物，因为这一墓葬中还发现了刻了楚庄王之弟、楚国的令尹子重名字的青铜炉。

莲花能结出很多莲子，也能开出鲜艳的花朵，这在很早的时候大概就具有美丽、生殖的象征意义了，"莲鹤方壶"上莲花花纹和飞龙、仙鹤结合在一起，可能寓意是多子多福或者神灵保佑之类。

在长江下游，传说公元前473年，吴王夫差在现在苏州灵岩山的脚下为西施修建过赏荷的"玩花池"，说明江南权贵很早就把荷花作为观赏植物引种至园池中了。

汉代文学家司马相如首先把他的妻子卓文君比作出水的芙蓉。后世许多诗歌将荷花之美和女子之美联系在一起，比如《子夜四时歌·夏歌二十首》中就以荷花比喻女子：

> 青荷盖渌水，芙蓉葩红鲜。
> 郎见欲采我，我心欲怀莲。

隋代诗人杜公瞻看到一株并蒂莲后曾经写下《咏同心芙蓉诗》：

> 灼灼荷花瑞，亭亭出水中。
> 一茎孤引绿，双影共分红。
> 色夺歌人脸，香乱舞衣风。
> 名莲自可念，况复两心同。

魏晋南北朝时一个重大的变化是佛教影响扩大，从印度带来的莲花图像及其意义带来了新的文化象征。

莲花在古印度古婆罗门教时期就是一种象征性的花朵，神话里说印度教创造神梵就是坐在千瓣莲花上诞生，毗湿奴（Vishnu）和吉祥天女（Lakshmi）也是如此。因此佛教徒传说佛陀在菩提伽耶成道后曾在一棵菩提树下东西往来行走了七天七夜，徘徊留下的脚印化作一朵朵莲花。另外也传说佛陀在蓝毗尼出生以后向东西南北四方各走七步，步步皆生莲花。佛陀说法时常有天人从空中散下缤纷的天花，有时候天人也会自身化成天花或花座来供养佛陀。受此类传说的影响,后世的佛徒也雕刻莲花台上的佛陀像,常常以睡莲、荷花供佛,后来更衍生出佛教四大吉花、九大象征之类的体系。后来佛教徒还以荷花出水而不着水比喻佛陀出自世间而"不着世间法"。

受到天竺习俗的影响,中国的佛教徒也开始以荷花供佛、龙门石窟著名的《帝后礼佛图》中就有北魏皇室贵妇手执一枝盛开的荷花以及莲蕾、莲蓬去插花拜佛的画面。隋唐时期的瓷器、铜镜等的装饰多采用莲花花纹;金银器上,尤其是盘边缘,多饰以富丽的莲瓣纹。

关于莲花和佛教的关系还有许多神奇的故事。据说三国时魏明帝打算禁佛教毁寺庙,一印度和尚以金盘盛水置于宫殿前,投下一颗舍利子,水中忽然涌起一朵五色莲花,吃惊的魏明帝就不再禁佛了。

在佛教净土宗的修行里,莲花的意义显得更特别,因为净土宗的信徒最后皈依处是西方极乐世界,据说修行成功者在往生极乐世界的路上会有观音手持莲花迎接,

佛陀在莲花座上说法图(敦煌莫高窟17洞)　绢本壁画　10世纪
斯坦因捐赠　印度考古博物馆

往生者就在莲花里"化生"为极乐世界一员，不再堕入胎生、卵生、湿生的轮回。据说极乐世界的大水池里有长有大如车轮的莲花——这很可能指的是睡莲，而不是荷花。东晋僧人慧远于庐山东林寺，与慧永、慧持、刘遗民、雷次宗等僧人、文人结社按照"净土宗"方法修行，他曾经率众在东林寺中开凿池塘，遍种白莲，后人称呼他们为"白莲社"，开辟了中国的净土宗法门。

这里的"白莲"不知道是白荷花还是印度传入的白睡莲。后来到唐代，白居易曾经把江南的白莲藕带到洛阳自己家的花园中栽种，并写下《种白莲》一诗：

> 吴中白藕洛中栽，莫恋江南花懒开。
> 万里携归尔知否，红蕉朱槿不将来。

隋唐时荷花开始进入权贵的园林，长安城外东南隅的皇家园林"芙蓉园"就以种植的许多荷花出名。荷几乎是全年可以观赏的，最早长出的小圆叶是浮在水面上的，称为荷钱，然后从藕节上长出比荷钱稍大一点的浮叶，也贴于水面上，这以后才从藕节上长出盾形圆叶挺立在水面之上，这种深绿色的叶子最大可以长到直径六七十厘米。春天小荷才露尖尖角，开花先后相继有两三个月，青翠的绿叶更横跨夏秋，到冬天也有枯枝可供"留得残荷听雨声"。

隋唐时代诗文中大多以荷花比喻女子之美，这一点到了北宋有了重大变化。著名的理学家周敦颐在嘉祐八年（1063年）写了篇119字的名作《爱莲说》，以荷花象征君子，第一次明确把荷花和君子的品德联系在一起：

> 水陆草木之花，可爱者甚蕃。晋陶渊明独爱菊；自李唐来，世人盛爱牡丹；予独爱莲之出淤泥而不染，濯清涟而不妖，中通外直，不蔓不枝，香远益清，亭亭净植，可远观而不可亵玩焉。予谓菊，花之隐逸者也；牡丹，花之富贵者也；莲，花之君子者也。噫！菊之爱，陶后鲜有闻；莲之爱，同予者何人？牡丹之爱，宜乎众矣。

荷花　镀金青铜　10.2cm×10.8cm
唐朝（618 — 907）　纽约大都会博物馆

周敦颐写这篇文章可能是与他之前两年的经历有关，他曾经在嘉祐六年（1061年）和朋友游览庐山，那里是白莲社雅集的地方，或许他在那里有所感悟。"出淤泥而不染"实际上早有类似的语句，如五代时敦煌文书《五更转·南宗赞》中有"烦恼泥中常不染"的说法。但是周敦颐并没有提及荷花文化的佛教背景，反而强调了荷花的姿态、生长特点与儒士修身的契合点。

在南宋因为他和弟子二程的影响越来越大，这篇《爱莲说》也成了一大文学主题，比如文人方岳就曾在推崇庭院中竹林的诗中推崇周敦颐此文：

周有说爱莲，陶有诗爱菊。
吾居则谁与，其诸子猷竹。

荷：亭亭出水中

圆明园四十景图咏之"曲院风荷"　绢本彩绘　64cm×65cm　乾隆九年（1744年）
唐岱等绘　汪由敦书乾隆题诗　法国国家图书馆

　　圆明园中的"曲院风荷"为五间南向殿，外檐悬有乾隆帝御书"曲院风荷"匾，湖中遍植荷花。架在湖上的是一座东西向的九孔石桥，桥的东、西各有牌楼，西边牌楼名为"金鳌"，东边牌楼名为"玉蛛"。

北宋时代西湖的荷花就开始出名了，苏东坡的好友文同曾在赴湖州（今浙江吴兴）路上欣赏过西湖的风景，写下了《西湖荷花》一诗：

红苞绿叶共低昂，满眼寒波映碧光。
应是西风拘管得，是人须与一襟香。

南宋时以临安（今杭州市）为首都，众多官员、文人聚集，这里的荷花名声就更大了，如杨万里的《晓出净慈送林子方二首》所言：

毕竟西湖六月中，风光不与四时同。
接天莲叶无穷碧，映日荷花别样红。

西湖边还出现"曲院风荷"这一景点。西湖边有一处地方有酿酒坊，四周池水中荷花最多，慕名而来观赏的人故名"麹院风荷"。杭州的雅士每到避暑的时候都要去参观，南宋末年的官员陈允平曾经在《八声甘州·曲院风荷》一词中描述荷花开时宫中贵妇也来游赏的场景：

放船杨柳下，听鸣蝉、薰风小新堤。
正烟茫露蓼，飞尘酿玉，第五桥西。
遥认青罗盖底，宫女夜游池。
谁在鸳鸯浦，独棹玻璃。
一片天机云锦，见凌波碧翠，照日胭脂。
是西湖西子，晴抹雨妆时。
便相将无情秋思，向菰蒲深处落红衣。
醺醺里，半篙香梦，月转星移。

康熙三十八年（1699年），康熙帝南巡曾来这里欣赏，建碑亭将"麹院风荷"题名为"曲院风荷"。乾隆皇帝南巡的时候也多次到那里游赏，还在圆明园中设置了一处"曲院风荷"的景点，多次在一组《西湖十景图》《圆明园四十景》上歌咏过这一处地方。

此前，荷花在宋代就成了流行的绘画主题，著名文人苏轼曾经写过一首诗《书艾宣画四首·其四·莲龟》：

半脱莲房露压欹，绿荷深处有游龟。
只应翡翠兰苕上，独见玄夫曝日时。

明清时期"莲蓬多子"这个含义在民间广泛流传，许多木版年画都采用"连（莲）生贵子"、"连（莲）年有余（鱼）"等荷花吉祥图案，来表达人们传宗接代的愿望。由于"荷"与"和""合"谐音，"莲"与"联""连"谐音，传统文化也经常以荷花作为和平、和谐、团结的象征。■

紫睡莲　布面油画　33cm×45.7cm　1920—1925年　约瑟·斯特拉（Joseph Stella）

睡莲
莫奈的眼光

> 鸳鸯绣罢出池边,三十六双明睡莲。
> 莲子试将随意掷,一双惊起不成眠。
>
> ——明·陈子壮《闺词四十首·打鸳鸯·其十三》

明代文人陈子壮写的《闺词》引用了来自宋代《谢氏诗源》的记载:"霍光园中凿太池,植五色睡莲,养鸳鸯三十六对,望之烂若披锦。"可是宋以前的文献并没有提及西汉权臣霍光的园林中种植五色睡莲的事情,因此这可能是比较晚才有的说法,睡莲这种热带植物传入中国的时间或许是在唐宋时代而不是西汉。

睡莲和荷花这两种植物常被混淆。从植物分类学来说,两者的区别挺大,睡莲属于睡莲目睡莲科,睡莲属多年生水生植物,有70多种,荷花则属于山龙眼目莲科莲属宿根性水生植物。两者的叶子、花朵、果实不同,最明显的差别是睡莲的每片叶子都有三角形的缺口,且紧贴在水面上,而荷叶高出水面,叶子外形是圆形的,没有裂缝。此外,睡莲没有莲蓬,其根状地下茎也不适合食用。

南北朝人翻译的印度佛经中提到的"优钵罗花"就是指睡莲,《大日经疏》卷十五说:"优钵罗有赤白二色,又有不赤不白者……或系优钵罗花以青色者居多,且青色者为殊胜,故通常称青色。"赤、白两色是常见的红睡莲、白睡莲,而青色指蓝睡莲,比较稀有,寓意更为吉祥。

南北朝时和尚佛图澄为了取信后赵皇帝石勒,曾表演一个魔术,他在一钵水前烧香念咒,不一会钵中长出鲜艳夺目的青莲花。这是官方正史《晋书》所载的故事,估计是和尚们从印度瑜伽师那里学来的魔术手段,很多时候这种新奇戏法往往比教义更能吸引人们的皈依。但是即便印度热带地区的青睡莲当时已经传入了中国,它能否在中原地区开花还是个问题,所以这个"历史故事"似乎并不可信。

南北朝以来写到"青莲"的诗歌多指代佛眼乃至体悟的境界。有意思的是唐代著名诗人李白的别号是"青莲居士",他多次在诗歌中提及青莲,如"了见水中月,青莲出尘埃"一句以青莲比喻体悟佛理之人。李白一度对佛教感兴趣,以在家修行的"居士"自居。天宝十四年(755年),56岁的李白与妻子宗氏为躲避"安史之乱"的战火而南下,途经浙江湖州时曾经前去拜会湖州的旧识,在一次聚会时刺史手下一位姓"迦叶"的司马打听李白是什么人,李白不由得追忆大半生的时光,怀着无奈的心情写了一首《答湖州迦叶司马问白是何人》:

青莲居士谪仙人,酒肆藏名三十春。
湖州司马何须问,金粟如来是后身。

在这首诗里,李白回忆自己三十年前走出四川后的经历,虽然是名人贺知章称许的"谪仙人",也曾在唐玄宗的宫廷中担任文学侍从,可终究不算得志,只能在各地酒肆流连,最多算是佛教传说中维摩诘大士(金粟如来)那样的人,在家而不出家,善于应机说法引导世人。

尽管从南北朝起许多诗歌都提及"青莲",但仅仅是一种文学典故,这些文人并没有看见过这种传说中的花木。确定指向蓝睡莲的只有很少几首诗,如南宋时杭州女诗人朱淑真写有一首《青莲花》,明确指出它的颜色和常见的红色、白色荷花不同,这可能是她从寺庙中移植过来的蓝睡莲:

> 净土移根体性殊，笑他红白费工夫。
>
> 幽姿羞损婵娟女，异色孤芳漱滟湖。

唐代的《酉阳杂俎》记载有人在南海（广州）见到"睡莲"，特点是"夜则花低入水"，有研究者推测这可能指"矮睡莲"（*Nymphaea tetragona*）。北宋文人官员张咏、范镇记载四川有一种"朝日莲"以"日出则出，日没则没"为特点，开白色的小如铜钱的白花。后来明代岭南人王昶在《西郊浮邱寺观午时莲》也写到一种"其英日旦则出水面，当午则开，过午则合，缩下水底"的花木。

这种开白花的矮睡莲至今仍然长在福建福安白云山、德化石牛山、周宁紫云村等地。白云山上的有一座唐代始建的青峰庵，庵前有两座各占地一亩多的水池，里面生有白睡莲，当地俗称"午时莲""豆蔻草""月里草"，叶小茎细，谷雨至立冬前的每天午时绿叶上浮，展开白色如睡莲的花朵，花心金黄，小巧玲珑，午时一过，它便叶藏茎缩，花苞和绿叶一起躲进水中。这或许是唐代僧人带来的品种吧，因为只能在华南高山生存，所以并没有传播开来。

睡莲属的植物在世界各大洲的热带和温带都有原生品种，它有很强的生命力和更长的花期，因此在欧美的庭院水景中要比荷花更为普及。

印度的荷花和睡莲大概很早就西传到中东、西亚和欧洲了。波斯人可能在约公元前500年就把荷花种子带到古埃及，希腊作家希罗多德曾看到尼罗河里"生长着一些像玫瑰的百合，果实生长在像黄蜂窝的荚里，有很多像橄榄核大小的果实可以食用，可以吃鲜的，也可以吃干的"，这可能说的是荷花而不是睡莲。

古埃及人装饰庙宇柱顶的"莲苞"，那种硕大的叶子则是仿自睡莲。古埃及人注意到非洲蓝睡莲（*Nymphaea caerulea Savigny*）是早晨打开花朵，而白睡莲（*Nymphaea alba L.*）晚上打开花朵早上闭合，他们把这与他们关于复活的信仰联系起来，就像法老王建造金字塔是准备复活后使用一样，他们相信莲花有助于死者再生，所以在葬礼上莲花占有极重要的地位。他们在2000多年前就栽培睡莲并视之为太阳的象征，睡莲在很多法老陵墓和神庙的雕刻上都作为装饰出现。古希腊也把睡莲作为祭品献

古埃及米纳墓葬壁画上有采集睡莲的图像

公元前 1400—公元前 1352 年　纽约大都会博物馆

给水乡泽国的仙女。

16 世纪以后意大利、法国的贵族常用睡莲来装饰喷泉池,作为园林观赏植物。他们也不断随着地理大发现和殖民的脚步把热带和温度的睡莲带回到欧洲的园林、植物园中。1837 年英国探险家罗伯特·赫尔曼·尚伯克(Robert Hermann Schomburgk, 1804—1865)在南美圭亚那发现一种有着巨大叶子的亚马逊王莲,便采集种子送回英国的皇家植物园邱园,种下以后萌芽长出绿叶,但是不见开花——王莲是典型的热带植物,喜高温高湿,北回归线以北的广大地区只能在特制的温室内越冬。

1849 年查丝华斯庄园(Chatsworth)首席园艺师约瑟夫·帕克斯顿(Joseph Paxton)得到一颗王莲种子,他种在室内盛满温水的池子里,设计了一个运动转轮使水循环流动。很快,植物就发芽长出巨大的叶片,并在 3 个月后开出美丽的花朵,引起全伦敦的轰动。报纸上还刊登了他 7 岁的女儿站在王莲叶子上的插图。王莲最引人注目的是它圆形的叶片,质地颇厚,边缘翘起,直径可达 2 米,是植物界中最

睡莲　布面油画　1908年　莫奈（Claude Monet）

大的。

　　帕克斯顿之前已经用玻璃修建过植物温室，他注意到王莲的叶子背面交错的网状叶脉可以支撑叶子并提供巨大的浮力，可以采用类似结构修建更大的建筑。后来他以此为基础，给英国的首届世界博览会设计了著名的"水晶宫"，这是世界上最早采用预制钢铁与玻璃修建的大型建筑。1851 年，来自世界各地近 1.4 万名参展者在水晶宫内外展出了 10 万多件展品，其中就包括王莲在内的各种植物。亚马逊王莲在水晶宫引起几十万游客的赞叹，之后欧洲各地纷纷用玻璃温室种植王莲等热带植物。园艺家还把原生种亚马逊王莲（*Victoria amazonica*）、克鲁兹王莲（*Victoria cruziana*）杂交培育出叶片最大的长木王莲。

印象派绘画大师克劳德·莫奈就是用卖画得来的钱在巴黎郊外的吉维尼村修建了自己的花园，池塘里那一丛丛睡莲与小桥、柳树后来都出现在了他的画上。

2007 年美国斯坦福大学眼科学教授迈克尔·马莫尔主持的研究小组在《眼科学文献》杂志上发表论文，认为克劳德·莫奈老年画的那一系列著名的《睡莲》的朦胧风格可能并不是艺术家有意创造，而仅仅是因为他晚年患上白内障，对色彩的感受力严重衰退所致。莫奈在 1912 年就患有白内障，在这前后他曾经抱怨自己对色彩的感受力已经不像从前那样强烈："在我眼中，红色变得混浊，粉色也显得十分平淡，一些暗沉的颜色我已经完全感受不到。"

这样看来，印象派绘画的创造性多少变成了一种生理疾病的派生品，我好奇的是，如果莫奈真是遵从自己有问题的视力所见的色彩、形貌——尽管这不是一个视力正常的人看到的——这到底还算不算他在直接描绘"真实风景"？或者说这风景是按照自己的眼中所见，还是需要参考别人的视力才能"客观"？艺术家到底是在靠眼睛、记忆、技巧还是"想象的共识"在画布上涂抹？■

睡莲：莫奈的眼光

睡莲　布面油画　100cm×81.3cm　约 1908 年　莫奈（Claude Monet）

玉兰图卷（局部） 纸本设色 27.9cm×133 cm

明代 1549年 文徵明（传） 纽约大都会博物馆

玉兰
乾隆的喜好

> 最是饶丰韵，谁能拟色形。
> 报春常濯濯，照夜自亭亭。
> 讶许凌风质，疑闻过雨馨。
> 谢家贤子弟，端爱绕阶庭。
>
> ——清·弘历《拟沈周写生玉兰兼题以句》

《拟沈周写生玉兰兼题以句》是乾隆皇帝临摹明代画家沈周的《写生玉兰图》之后的题诗。乾隆是中国历史上最爱写诗题字的皇帝，他一生写了上万首诗，其中至少40首诗都提到了玉兰花，可谓"史上最著名的玉兰花爱好者"。

花润如玉，花香似兰，好看好闻，口彩也好，"玉兰花"可谓全方位地符合乾隆皇帝的趣味，他南巡入驻的西湖行宫中有"玉兰馆"，还让人在北京皇宫中颐和园的玉兰堂、圆明园的含韵斋、新衙门行宫裕性轩的庭院都栽种了玉兰。除了自己作画描绘玉兰，他还让宫廷画家创作"玉堂富贵"这类有美好寓意的画作，至今还保存在故宫博物院等处。

乾隆皇帝还让人给清漪园乐寿堂的院落内外栽种了玉兰、海棠、牡丹等花木，凑成"玉堂富贵"的好口彩。这是他的母亲居住和奉佛的地方，乐寿堂里外的紫、

玉堂富贵图　绢本设色　184cm×89cm　清代　邹一桂　辽宁省博物馆

白两色玉兰蔚然成林，有"玉香海"之称，大概是模仿苏州"香雪海"的叫法。可惜后来清漪园在1860年让英法联军抢掠损毁，只剩下殿后一棵紫玉兰和邀月门南侧的白玉兰活下来。后来慈禧太后重修这座园林，改名为"颐和园"，又让人在院子里种了几株，现在还能看到。

白玉兰和紫玉兰是常见的庭院植物，它是没吐叶之前先开花的，所以看上去一树晶莹，不像别的花还有绿叶来映衬。玉兰在花落以后抽生出小蒲扇形状的叶子，到初秋结出小拇指头大小的果实，外面灰色的壳开裂以后露出一粒一粒橘红色佛珠一样的种子，远看就好像一串小花似的。

玉兰的花期只有十天，晚上和清晨如莲花闭合，午后至黄昏前光强的时候花瓣展向四方，一朵朵花儿完全展开，宛若千百只蝴蝶振翅翻飞，露出里面的花蕊，闻得到一缕清香。玉兰笔直的树干和卵形的树冠恰好形成温和宁静的姿态，没有它的花朵的那种炫耀感。

玉兰原产于中国中部长江流域，现在庐山、黄山、峨眉山等处尚有野生的，战国时代楚国人称之为"辛夷"，这是当地人重视的一种香料，所以《九歌》中多次提到。当时的人非常重视带香味的花木，秦汉时的《神农本草经》把辛夷当作上品药物，又称辛雉、侯桃，西汉皇帝的甘泉宫中也栽种了这种植物。

元代之前玉兰花最主流的名字"辛夷"，唐代时北方人也叫作"木笔"，南方人俗称"迎春"，至今南方的湖北还是把它叫作"迎春花"，江西叫"望春花"，广州叫"玉堂春"。

这种花姿态优美，所以士大夫、僧侣的园林中常常栽种，王维的辋川别墅中有"辛夷坞"这个景点，王维曾写过描述那里的紫辛夷缓缓掉落的诗：

木末芙蓉花，山中发红萼。

涧户寂无人，纷纷开且落。

白居易在杭州当刺史的时候，也到灵隐寺欣赏过那里的红辛夷，并写了《题灵

海棠玉兰图(《仙萼长春图册》十六开册页之一)　绢本设色　33.3cm×27.8cm
清代　郎世宁　台北故宫博物院

隐寺红辛夷花戏酬光上人》一诗送给友人:

　　紫粉笔含尖火焰,红胭脂染小莲花。
　　芳情乡思知多少,恼得山僧悔出家。

也许因为辛夷刚开的姿态让和尚们联想到莲花,所以中唐以来很多寺庙喜欢种植玉兰,至今西安市南郊兴国寺、江苏洞庭东山紫金庵等地还生长着宋明时候的老玉兰树，开花时千花万蕊缀满枝干，迎风摇曳，难怪古人有"玉树临风""玉山"的比喻。

大概觉得"辛夷"这些正统的名字不够形象，而"木笔""迎春"又太村俗，宋末元初陆文圭的诗《亭下玉兰花开》正式采用了"玉兰"这个名字。玉温润,兰幽香，透出一种雅致的富贵气来，到明代"玉兰"超过"木笔",变成了这种花最流行的名称。

明代的著名画家文徵明很喜欢玉兰花，他把自己的藏书楼命名为"玉兰堂"，绘制过玉兰花主题的画，也曾在诗歌中称颂《玉兰花》：

绰约新妆玉有辉，素娥千队雪成围。
我知姑射真仙子，天遣霓裳试羽衣。
影落空阶初月冷，香生别院晚风微。
玉环飞燕元相敌，笑比江梅不恨肥。

18世纪末，白玉兰和紫玉兰由中国传入法国、英国等欧洲国家并颇受欢迎，1820年到1840年间园艺家伯丁（Soulange-Bodin）将玉兰与紫玉兰杂交出17个花色不同的栽培品种，即木兰科第一批人工杂交品种，后来又传入中国，植物学家们还培育出更多新的品种，广泛栽培在各地公园中。

反过来，原产北美洲东南部的洋玉兰（*Magnolia Grandiflora Linn*）则在19世纪末被引进中国——因为最早是从广东进口，所以叫广玉兰，现在长江流域以南各大城市均有栽培。它要比白玉兰雄壮，叶和花也更大，而且一年四季常绿，它在绿油油的叶丛中开出大轮的白色花朵，细看花瓣还带一抹淡淡的青绿色。

白玉兰是上海的市花，三月初就一片繁花白得耀眼了。上海曾在1983年发动市民投票选白玉兰为市花，我总怀疑是花的名字占了便宜：白如玉、香似兰，全是好彩头，也许那时候邓丽君缠绵的情歌《玉兰花开时》也传到上海了吧。

有意思的1929年上海市政府也搞过市花评选，结果在1.7万张选票里得票最高的是不在候选名单内的棉花，于是这场评选不了了之。想来那时候上海已经是远东

孔雀开屏图　绢本设色　103cm×120cm　清代　郎世宁、方棕、金廷标　台北故宫博物院

最时髦的城市之一，怎么会选出棉花呢？也许当时的大多数市民们都是老实人，觉得棉花用处大就选了棉花。而现在人们选市花的时候完全是从象征意义和观赏性来选择，并不在乎它的实用性。

《楚辞》中提及的另外一种名为"木兰"的花，据后人考证就是唐宋以来人们所称的"木莲花"，这是木兰科木莲属的乔木，大约有20种，主要生长在西南地区。

喜欢赏花的白居易在四川看到这种花以后非常喜欢，曾在元和十四年（819年）夏天让道士毌丘元描绘这种花的样子保存，他记载："木莲树生巴峡山谷间，巴民亦呼为'黄心树'。大者高五丈，涉冬不凋，身如青杨，有白文，叶如桂厚大无脊。花如莲香色艳腻皆同，独房蕊有异。四月初始开，自开迨谢仅二十日。"他后来还曾寄送这种花木的图画给自己的好朋友元稹，写有《画木莲花图寄元郎中》一诗：

> 花房腻似红莲朵，艳色鲜如紫牡丹。
> 唯有诗人能解爱，丹青写出与君看。■

水仙图 绢本设色 24.6cm×26cm 宋代 赵孟坚 北京故宫博物院

水仙
自恋的神仙

> 钱塘昔闻水仙庙,荆州今见水仙花。
> 暗香静色撩诗句,宜在林逋处士家。
> ——宋·黄庭坚《刘邦直送早梅水仙花四首·其四》

北宋诗人黄庭坚的这首《刘邦直送早梅水仙花四首·其四》写出了一段有趣的历史。杭州的水仙王庙祭祀的是民间信仰的神灵,"水仙"即"水神"的意思。实际上,"水仙"一词在魏晋南北朝和唐代指的都是"水中出没的神仙"或掌管某一水域的"水神",并非指花木。《列仙传》中说战国时赵人琴高会神仙道术,曾乘赤鲤现身,后来复入水中而去,唐代诗人李商隐曾在诗歌中用过这个典故,"水仙欲上鲤鱼去,一夜芙蓉红泪多"。

而水仙花则是五代宋初才从外国传入的新奇花木。9世纪中叶在江陵(今湖北荆州市)当官的孙光宪记载寄居江陵的"蕃客"穆思密给他赠送了几株水仙花,放在水器中可以长久生长。100多年后的宋徽宗建中靖国元年(1101年),黄庭坚曾在湖北荆州居住十个月左右,有几个当地朋友给他赠送了几盆水仙花,他写下了七八首有关的诗歌,可以说黄庭坚是第一个把水仙这种花木的名声传播出去的名人。

这种花因为在水中生长而成,叶似翠带,花如素裳,形如女子,当地人称之为

"水仙",黄庭坚更以"凌波仙子生尘袜,水上轻盈步微月"形容。的确,水仙花在一泓清水之上纤尘不染,翠绿欲滴的叶片衬托银白色的花朵、淡黄的花蕊,容易让古人联想到女子的情态。

水仙原产欧洲地中海沿岸,在意大利、西班牙常见多花水仙(Narcissus tazetta),那里冬季温和多雨,不少起源于那里的观赏花卉都是在冬天开花,除了水仙,还有仙客来、风信子、番红花等等。一些水仙品种逐渐向东欧、西亚、中亚传播。

唐代段成式的《酉阳杂俎》中首次提及水仙花,声称"捺祇,出拂林国,苗长三四尺,根大如鸡卵,叶似蒜,叶中心抽条甚长,茎端有花六出,红白色,花心黄赤,不结子",并说拂林国的权贵使用水仙花压出的油脂涂抹身体。捺祇是对水仙的波斯语名"Nargi"或阿拉伯语名"Narkim"的翻译。拂林国就是当时的东罗马拜占庭帝国(今土耳其境内),他们在初唐曾派出使节访问长安。段成式或许是从波斯或阿拉伯商人那里听到有关这种花的信息,但是并没有实际的花木传入。

五代宋初多花水仙传入荆州后,沿着长江逐渐传播,到南宋时候江南各地都有栽种,都城临安(今浙江杭州)和闽、浙地区都有诗文记载。从文士到皇室贵族似都非常喜欢水仙花,文人之间有时还彼此赠送,写诗歌咏。宋人杨仲囦得到水仙花一二百本,养在古铜洗中,长得非常茂盛,喜爱之极,便模仿曹植的《洛神赋》,写了一篇《水仙花赋》,把水仙花喻为神话中的水中仙子宓妃,这对后人题咏水仙运用洛神的典故有很大影响。这时候还出现了商业化的水仙种植,南宋刘学箕《水仙说》记载建阳(今福建南平市)园户所植水仙"若葱若薤,绵亘畦陌"。

逐渐形成的新的变种中国水仙(Narcissus tazetta var. chinensis),跟原种相比,中国水仙花多,色白,香味浓,而地中海的水仙多数花比较大,颜色鲜黄,香味很淡。后来进一步发展出两大品系:单瓣的"玉台金盏"因为开的花白冠黄心,形状如盏而得名,花形秀丽,香味浓郁;另一种名为"百叶水仙"或"玉玲珑"的是重瓣,花瓣十余片卷成一簇,花冠下部淡黄而上部淡白,香味略淡。

在清代,福建漳州的水仙曾大批出口。据漳州蔡坂乡张氏家谱记载,明景泰年间,张氏祖宗张光惠从江西吉水引种水仙花到家乡培育。康熙时他的后人张协仁认为水

水仙：自恋的神仙

水仙腊梅轴　绢本设色　195.8cm×44cm　明代　仇英　台北故宫博物院

仙花有观赏价值,带了千余株到广州售卖,被抢购一空,自此漳州本地开始大量栽种水仙花带到广州销售,清末蔡坂乡栽培面积达八百亩。出产的水仙以鳞茎大、多箭多花、清香浓烈著称。

水仙花的球茎似洋葱或者大蒜头,青翠的叶子像蒜叶,亭亭玉立的花葶好似蒜薹,故而人们又称之"雅蒜""天蒜",实际上它和大蒜并非亲戚,水仙隶属石蒜科,大蒜却属于百合科。

水仙的可爱在于可以养在室内,岁暮天寒的冬季也可以开花,所以是传统的岁朝清供之一,可以与松、竹、梅媲美。以前新年的时候亲戚朋友喜欢买一个水仙球根搁在窗台的清水盆里,讲究点的再放置几粒鹅卵石,每天换一次清水,一个半月后就能看到水仙素洁的花朵亭亭玉立于清波之上。水仙肥大的鳞茎只凭一勺清水和阳光就能发芽,好养,加上花白香幽,枝叶扶疏多姿,有兰花的淡雅却又多一分妩媚,自然博得人们的钟爱。名人小说集《集异志》里还让庭院里的水仙花化身女子和画

中兰花的化身相恋，凑成一桩美事。

在艺术史上，南宋开始有画家描绘水仙这种新奇花木，南宋桐乡的僧人慧梵擅长画水仙、梅花，曾在一幅水仙画上题诗：

> 雪骨檀心碧玉姿，抽花多在小盆池。
> 道人不写胭脂色，墨淡香寒著几枝。

宋末皇室子弟赵孟坚以善画水仙著称，不过现在美国大都会博物馆、天津艺术博物馆、美国弗瑞尔美术馆、北京故宫博物院所藏署名赵孟坚的各种《水仙图》似乎多是明清时代的模仿伪造之作。

在欧洲，水仙是传统观赏花木之一。水仙花的拉丁文名"Narcissus"来自希腊神话中的美男子纳西塞斯（Narcissus）的传说，他的父亲是河神，母亲是仙女，他

水仙图卷（局部）　纸本水墨　全卷 33.2cm×374 cm　仿赵孟坚　纽约大都会博物馆

母亲得到神谕说儿子长大后会因看到自己而早夭。为了逃避这预言，母亲刻意让儿子远离溪流、湖泊、大海，为的是让纳西塞斯永远无法看见自己的容貌。

纳西塞斯长大后虽然引来无数爱慕者，但他只喜欢整天与友伴在山林间打猎，对于倾情于他的水泽女神厄科（Echo）不屑一顾，引起报应女神娜米西斯（Nemesis）的不满，吹出凉风引诱他到一个水清如镜的湖边，纳西塞斯看到了湖面中映出的完美面孔，竟然爱上水中的"他"，可每次用手去碰水里面的他都会消失，最后他跳进去水想要抓住他，再也没能上岸，之后，在他淹死的地方长出一丛植物来。这个悲剧性的故事引发了后来人的好奇，由纳西塞斯演化而来的"narcissism"也成为有自恋倾向的人的称号，后世不少艺术家以此作为雕塑、绘画的题材，英国桂冠诗人华兹华斯写的名诗《水仙》里有"诗人不能不是自恋者"这句话。

早在两千多年前，古希腊人就用多花水仙制作花圈，也被用作草药，由于它的根有麻醉作用——水仙全草有毒，鳞茎的毒性较大，误食后会出现呕吐、腹痛症状——同时花有香味，所以希腊人认为它与地狱有关，是珀耳塞福涅每年一次从地狱重返大地带来春天的时候生发的花朵，象征复活和再生。在古埃及，水仙也被用在死亡仪式上，人们要在木乃伊的眼睛、鼻子、嘴上放置水仙花球茎。

在欧洲，很长时间里水仙都只是野生在地中海沿岸而已，直到1629年左右英国人把野生水仙移植到他们的花园里，才让这种花逐渐流行起来。那时候水仙、同样从地中海引进的风信子和从中国引进的牡丹都曾是流行花卉，不过后来郁金香取代了它们的位置。欧洲人还培育出许多观赏性的黄水仙（喇叭水仙）新品种，19世纪末传入中国后受到欢迎，这种水仙比中国水仙的花朵要大，花色温柔和谐，清香诱人，最近二十多年非常流行。■

水仙：自恋的神仙

山林女神伊科与纳西塞斯　布面油画　1903年
沃特豪斯（John William Waterhouse）　利物浦沃克画廊

　　本画取材自希腊神话，山林水仙女伊科喜欢美貌出众的纳西修斯，可后者孤芳自赏，每天到河边顾影自怜，伊科只能爱怜而无奈地望着他，最后郁郁而死，化成一种回声。沃特豪斯是英国新古典主义与拉斐尔前派画家，以其用鲜明色彩和雅致的画风描绘古典神话与传说中的女性人物而闻名于世。

茉莉花图　绢本设色　24.9cm×27.1cm　北宋　赵昌　上海博物馆

茉莉

异域的飘香

炎州分得冰花脑，来伴湘波六月凉。

醉折一枝簪鬓睡，晓来印却枕痕香。

——宋·王镃《茉莉》

这是南宋人王镃写的诗歌《茉莉》，夏季茉莉成熟的时候妇女喜欢摘下茉莉花插在鬓角，让卧室充满幽香。宋代人喜欢在庭院栽种茉莉花，画家们也对它们有仔细的观察，中国艺术史上最早的茉莉花是11世纪时北宋画家赵昌留下的，它描绘了一枝茉莉的不同分叉，有的已经开花，有的含苞待放，似乎闻得见那淡淡的香味。

赵昌是四川人，初师滕昌祐，后学徐熙"没骨法"，擅画花果，多画局部的"折枝"而不是全株。他喜欢在清晨朝露未干时围绕花圃观察花木神态，现场调色彩绘，自号"写生赵昌"，以描绘入微，设色明润著称，宋徽宗很喜欢他的花鸟画，在皇宫中收藏了100多件。

茉莉是一种外来植物，它的原产地是印度东北部和不丹的山谷，印度史诗《罗摩衍那》中也提到了素馨和茉莉花。印度人常用茉莉供奉神庙，至今印度各地佛寺外常能看到摊贩售卖茉莉花串起来的白色花环，去神庙的人们买一把去敬神还愿，许多女性也会顺便自己取一串戴在身上。

在遥远的古代茉莉就从原产地传播向各地，三千年前的古埃及就曾有它的踪影。中世纪的时候以跑远洋生意著称的波斯商人把它们移植到波斯和阿拉伯地区的园林中广泛种植，到 18 世纪又从阿拉伯地区传到欧洲，因此英国人通常称之为"阿拉伯茉莉"。

18 世纪的时候茉莉曾经是欧洲贵族喜欢的园艺植物，比如让 - 巴蒂斯特·凡卢（Jean-Baptiste van Loo）就曾描绘过法国国王路易十五的情妇蓬巴杜侯爵夫人扮装成园丁的肖像画，画面上她一首扛着装满花朵的篮子，一首正举着茉莉花。这位贵妇在当时法国宫廷中以推崇漂亮、雅致的洛可可风格的装饰艺术著称，她订购了许多绘画、雕塑装扮凡尔赛宫的房间，也热爱游览园林和欣赏花木。

中国古人通常把木樨科素馨属的很多常绿灌木或藤本植物统称为"茉莉"或者"素馨"。魏晋时期《扶南传》中记载马来半岛的顿逊国人喜欢用发出香味的花进奉神灵，其中"摩夷花"可能就是茉莉花，估计是很早之前就从印度传入的。晋代《南

静物（水晶杯上的桃子和茉莉）　木板油画　31.2cm×42.5cm
1607 年　费德·加利齐亚（Fede Galizia）

方草木状》也记载"耶悉茗花"（素馨）、"茉莉花"是胡人从西域传入南海（泛指华南和东南亚）。上述汉语名字都是对其梵语发音"mallika"的音译。

原本长在印度的茉莉喜欢温暖的气候，在广东、福建最早流行，东晋时已经向北蔓延到江浙一带。茉莉在中国能够风行，一方面和僧侣供佛有关，如晚唐文人李群玉在广州参观六祖慧能驻扎过的法性寺后形容"天香开茉莉，梵树落菩提"，可见寺中栽种了茉莉花、菩提树这些来自印度的花木；另一方面，女性喜欢把这种花戴在身上发出可人的香味，出现了"倚枕斜簪茉莉花"的风尚。可能也因为后一点，茉莉没有能在男性文人设定的花的象征世界中博得一个好位置。

唐代以后连北方长安的妇人也开始把它簪在发髻上或者用彩线将花朵串起来挂在钗头。想来当时在北方养茉莉花要花很大的气力，冬季要放在有火源的燠室或以物覆之才能存活，价格也比华南要高好多倍。

到宋代，茉莉是上上下下、南北通行的爱好，北宋的苏东坡远放海南时也写过当地黎族姑娘口嚼槟榔、头簪茉莉的样貌："暗麝著人簪茉莉，红潮登颊醉槟榔。"南宋的孝宗皇帝赵昚夏天喜欢去选德殿、翠寒堂乘凉，因为这些殿宇养着几百盆茉莉、素馨等带有香味的花，"鼓以风轮，清芬满殿"。

茉莉花的香味来自里面含的油性成分，如苯甲醇及其酯类、茉莉花素、芳樟醇、安息香酸、芳樟醇脂等。可是古人不甘心这味道随着季节远去，他们想出各种办法要珍藏这气息，有钱有势的买进口的茉莉花香精，还开始尝试用茉莉花焙茶，让茶叶吸收茉莉花的香气再保存起来泡着喝。宋代人还把素馨和沉香一起整理制作成香水使用，如南宋人程公许曾写过《和虞使君撷素馨花遗张立蒸沉香四绝句》，其中一首写道：

平章江浙素馨种，小白花山瓜葛亲。
借取水沉薰玉骨，便如屏障唤真真。

如今大部分香水里或多或少仍然有茉莉花的影子，现代提取茉莉浸膏一般采用

浸提法：先把鲜花放入石油醚等有机溶剂中，使花瓣中的芳香物质进入溶剂，通过蒸馏回收掉有机溶剂，即可得到茉莉浸膏，它是制造香脂、香水的原料。茉莉花在夜晚和清晨绽放的时候香味最为浓烈，如果被阳光照到，就会失去一些香味，所以最好的精油都是在晚上进行萃取。因为产量很低，至今茉莉精油还是最昂贵的香水原料之一。

在民间，文人士大夫也流行观赏茉莉，如王十朋《点绛唇·艳香茉莉》呈现当时的文人书斋生活：

> 畏日炎炎，梵香一炷熏亭院。
> 鼻根充满。好利心殊浅。
> 贝叶书名，名义谁能辨。
> 西风远。胜鬘不见。喜见琼花面。

明清绘画中，茉莉更多是和女性结合在一起，如明代徐学谟在《题陈道复画折枝卷二首·其二·茉莉花》中说：

> 露气集芳丛，千头趁晚风。
> 淡妆宜小摘，鬓䯼玉玲珑。

清代人陆珊写的《菩萨蛮·其一·簪茉莉美人》：

> 画眉才了临妆镜。一枝斜飐生娇韵。
> 倦压鬓云偏。呼鬟整翠钿。
> 香烧月下。细步吹兰麝。
> 卸向枕函旁。凉宵梦也香。

唐宋元明清写茉莉花的诗有好几百首，可现在人人知道的却是一首民歌《好一朵茉莉花》。最近有媒体报道有音乐研究者发现五台山藏传佛教音乐中的《八段锦》曲调酷似江南民歌《茉莉花》，便猜测这曲调最早可能是佛教徒用来歌颂佛陀和用于敬礼的茉莉花，随着僧人们四处云游，此曲调才传至江南。这似乎有点想当然，也可能恰好相反，清代佛教徒采用民间的俗曲来弘扬佛法的例子也有不少。

这首歌的传播也类似波斯人将茉莉从印度带到中国的过程，有曲折的故事。《茉莉花》这首歌的原始版本《鲜花调》大概明代才出现，清代流行全国，从江南到广东、青海许多地方都有传唱，讲的是青年面对茉莉花、金银花、玫瑰花时萌发出来的对情爱的渴望：

好一朵茉莉花，满园花草香也香不过它。奴有心采一朵戴，又怕来年不发芽。

好一朵金银花，金银花开好比钩儿芽，奴有心采一朵戴，看花的人儿要将奴骂。

好一朵玫瑰花，玫瑰花开碗呀碗口大，奴有心采一朵戴，又怕刺儿把手扎。

在中国这首歌只能收入地方小调之类的闲杂书刊，好在十八世纪末年有个外国人西特纳将它的曲调记了下来，并经过改编在伦敦出版。后来，在晚清担任过第一任英国驻华大使秘书的约翰·贝罗（John Barrow）在1804年出版的《中国游记》（Travels in China）里刊出了他在广东听到的民歌版本《茉莉花》歌谱和其他九首乐曲，《茉莉花》遂成为以出版物形式传向海外的第一首中国民歌，此后欧洲出版的各种民歌集中常有引用，开始在欧洲流传开来。

关键的变化是在1924年，意大利作曲家普契尼在创作歌剧《图兰朵》的时候，因为剧中主角是位元朝的公主，所以就把《茉莉花》改编成女声合唱上演，歌剧的流行让这首民歌竟然成为外国人最熟悉的中国歌曲之一。实际上元朝很可能还没出现《茉莉花》这支小调，而公主更不可能接触这乡野小调。但艺术的优势正在于他可以超越时空把各种元素组合起来，"异国情调"也能吸引人们的好奇，当年普契

歌剧《图兰朵》套装封面　1906 年　艾米·奥利克（Emil Orlik）设计

尼可以说是时尚艺术家,他用遥远的中国公主来演绎一段爱情,就像现在北京、上海也用纽约、伦敦的时髦风气来标榜一样,当《图兰朵》从欧洲来到中国演出的时候,就具有双重的异国情调了。

  这首民歌当年在时髦的上海也曾经出演,1933年扬剧老艺人黄秀花在上海由蓓开唱片公司出版的唱片里就有演唱。可是现在国内熟悉的是1957年音乐家何仿做过改编的《好一朵美丽的茉莉花》,三段歌词都改成歌唱茉莉花的,就好像把一个烂漫少年的直白改造成重复的诗人咏叹,从乡间跑到城里,那野性到底有一点萎缩。■

白蔷薇　绢本设色　26.2cm×25.8cm　宋代　马远　北京故宫博物院

月季

名字的歧途

> 非关月季姓名同，不与蔷薇谱牒通。
> 接叶连枝千万绿，一花两色浅深红。
> 风流各自燕支格，雨露何私造化功。
> 别有国香收不得，诗人熏入水沈中。
>
> ——宋·杨万里《红玫瑰》

南宋诗人杨万里的这首《红玫瑰》区分了玫瑰、月季、蔷薇三种花木，指出玫瑰最大的特点是有香味，可以充当香料。

可是，无论是在宋代还是今天，普通中国人常常把上述三种花木混淆，比如今天中国城市的花店中到处都有称作"玫瑰"的鲜切花，很多花都没有香味，严谨的植物学家曾分辨说今天中国都市中人彼此赠送、观赏的所谓"玫瑰花"大多是植物学定义的"现代月季"，这是近两百年来由许多种蔷薇属物种及育种杂交培养出的物种，最大特点是每年能多次开花、花朵大、叶泛亮光、枝粗刺少，与植物学家定义的每年开一次花、能散发浓郁香味和提炼香精的"玫瑰"并不相同。

让这个名称问题变得复杂的原因有两个。首先是学术命名和习惯叫法的差异，植物学家有自己的科学命名，比如他们区分了"月季"和"玫瑰"，而民间有自己的习惯叫法，比如花店中常常都把蔷薇科花木称之为各种玫瑰；其次则和清末民国的翻译有关，中国唐宋明清的花木研究者就把蔷薇属的植物分成了月季、玫瑰、蔷薇等至少三种，玫瑰在那时特指有香味的蔷薇属花木。而欧美人日常把蔷薇科蔷薇属的所有植物都称之为"rose"，可是清末民国都翻译成"玫瑰"。

无论是科学家叫的"现代月季"还是民间习称的"玫瑰"，这种今天看来如此"西方式"的花木实际上是过去两百年欧洲和亚洲多种蔷薇科植物杂交的成果。18世纪以来英国、法国等地的园艺家用从亚洲中部、东部引进的品种与西欧已有的品种杂交，弄出各种鼓胀的花骨朵来，然后传播到世界其他地方，在20世纪又以洋派的样子登陆上海、北京、广州。现在，全世界有两万多个蔷薇属植物园艺品种，是花木产业开发的重点之一。

蔷薇和月季的分别

蔷薇科蔷薇属的野生植物有200多种，广泛分布于北半球的温带和亚热带地区，个别种类分布到热带。中国分布有80多种蔷薇属植物，其中10多种在园艺栽培中发挥了重要作用。

化石证据显示，在1200万年到1500万年前蔷薇属植物就已经存在了，其中带有香味的玫瑰品类也早在10万年前就已经分化出来。亚洲是蔷薇属植物的早期栽培中心，可能因为有的品种蔓生、有刺，适宜当篱笆，有的果实可食，人们很早就种植蔷薇属植物作为家园的篱笆。

2500年前春秋时期的《诗经》中有"何彼襛矣？唐棣之华"的诗句，后人考证"唐棣""棠棣"或许就是蔷薇属的花木。魏时吴普所著的《神农本草》中记载的"木香花"，有人推测或许是某一能散发香味的玫瑰。

中国人工栽培蔷薇的历史可以追溯到南北朝时，5世纪末南齐诗人谢朓写了《咏蔷薇》形容它：

月季：名字的歧途

红蔷薇覆绿芭蕉　纸本水墨　177.5cm×47.5cm　近代　吴昌硕

低枝诖胜叶，轻香幸自通。

发萼初攒紫，余采尚绯红。

新花对白日，故蕊逐行风。

参差不俱曜，谁肯盼薇丛？

梁朝《寰宇记》中记载 6 世纪时梁元帝的"竹林堂中，多种蔷薇"，或是因为它是蔓性的藤本植物，能沿墙依附生长，故名"墙薇"，后写为"蔷薇"。此时宫廷、权贵庭院中多有种植，已有康家四出蔷薇，白马寺蔷薇和长沙子叶蔷薇等品种，当时蔷薇是稀有的名花，所以高官显贵的诗歌中一再提及，如王褒《燕歌行》描绘宫廷中蔷薇花开的场景：

初春丽晃莺欲娇，桃花流水没河桥。

蔷薇花开百重叶，杨柳拂地数千条。

唐朝时观赏蔷薇的栽培极为普遍，如李白、白居易、杜牧、李商隐等著名诗人都有咏蔷薇的诗篇。李德裕《平泉山居草木记》中记载他在洛阳郊外的庄园曾栽种得自浙江会稽、稽山的百叶蔷薇、重台蔷薇，说明当时人们已经重视欣赏这类重瓣蔷薇。

在中晚唐，人们开始把一种花色红艳而有香味的蔷薇花称作"玫瑰"，有了描述玫瑰的诗文。但是因为玫瑰花枝上有刺，花朵也不大，大概并没有受到普遍欢迎，所以 10 世纪时徐铉在《依韵和令公大王蔷薇诗》有"芍药天教避，玫瑰众共嗤"的说法。

到了宋代，人们又把众多蔷薇花中一种能多次开花的区别开来，称之为"月季"，如北宋高官韩琦的诗《中书东厅十咏·四季》提及当时的官署中已经在种月季：

牡丹殊绝委春风，露菊萧疏怨晚丛。

> 何以此花荣艳足，四时常放浅深红。

"月季"这个名字点明了它可以一年三季或四季常常开花的特性，它和茶香月季是灌丛蔷薇中两种可以月月开花的植物。江南地区，这更是一种常见的花木，杨万里曾在《腊前月季》一诗中称赞它和梅花一样可以在冬季开放：

> 只道花无十日红，此花无日不春风。
> 一尖已剥胭脂笔，四破犹包翡翠茸。
> 别有香超桃李外，更同梅斗雪霜中。
> 折来喜作新年看，忘却今晨是季冬。

从宋代开始月季就是中国园林中的常见花木，别名月月红、长春花、四季花。可是月季从没有像牡丹花那样一度激起权贵的热爱，也没有被赋予重要的象征意义，所以从宋到明并没有特别多的新品种出现，到清代才有人写出一本《月季花谱》，记载了几十种花色的月季品种。

近代以来人工栽培育种的各种所谓"现代月季"（Modern rose）是蔷薇属植物中观赏价值最高的，包括春季开花和四季开花的许多大花品种，还包含部分丰花月季（Floribunda roses）、藤蔓蔷薇（Climbing roses）、矮罐蔷薇（Polyantha roses）等，在日常生活中人们多习惯性地称为"玫瑰"。

蔷薇属园艺栽培的大爆发

在中国，宋代洛阳、山东、两淮、苏州、扬州等地都流行栽种蔷薇属植物，品种也十分丰富，仅在洛阳就有"银红牡丹""蓝田碧玉"等40多个品种。周师厚撰写的《洛阳花木记》记载蔷薇属的植物有提到黄蔷薇、千叶白蔷薇、蔷薇（单叶）、

花阴双鹤图　绢本设色　120.1cm×66.5cm　清代 郎世宁　台北故宫博物院

二色蔷薇、卢川宝相、黄宝相、单叶宝相、千叶月季（粉红）、黄月季、深红月季、玫瑰、穿心玫瑰、黄玫瑰、木香花 14 种。这时候也有画家描绘了茶香蔷薇的形象。到明朝，王象晋在《二如亭群芳谱》中把蔷薇属植物分为蔷薇、玫瑰、刺蘼、月季、木香五类约 20 种不同的品种。

在欧洲，对蔷薇属植物的育种得益于贵族对园林的讲究。中世纪早期欧洲贵族并没有欣赏花木的习惯，居住的城堡中也没有设置休闲型的花园，所以观赏花木的育种非常落后，只有一些修道院在药草园、花园里栽种蔷薇，当作一种香料和药物，直到 9 世纪时查理曼大帝（Charlemagne）的经济性苗圃中开始栽种法国蔷薇或白蔷薇，蔷薇属植物才出现在皇家花园里。中世纪后期十字军东征时欧洲贵族受到西亚的波斯四分园林影响，在自己的宅邸中开辟花园，有人曾带回一些西亚的蔷薇品种回家种植。

13 世纪路易六世统治时期法国人开始栽种有香味的蔷薇，种植户必须在每年的 1 月 6 日交纳三个蔷薇花环和一篮子蔷薇花给地方行政主管，以便制作耶稣升天节所需的玫瑰水。14 世纪开始很多城镇都大量种植蔷薇，法国鲁昂、意大利的佛罗伦萨还向周边城市大量出口蔷薇花作为香料或者节日装扮用品。

16 世纪文艺复兴时期欧洲人兴起药草研究的热潮，许多植物学著作对蔷薇的种类、形象进行描绘和记载。16 世纪的画家阿格诺罗·布龙奇诺（Agnolo Bronzino）的作品《维纳斯胜利的寓言》中，丘比特的手中抓着一把粉色的蔷薇属植物的花朵，正要撒给正在亲吻的情人。

但是直到 17 世纪，西欧人看到的蔷薇品种还寥寥可数，最常见的是法国蔷薇和原产叙利亚的突厥蔷薇。当时的贵族最关注的花卉是郁金香、康乃馨、银莲花、风信子等，而是不是蔷薇属的花木。

直到 18 世纪末 19 世纪初，蔷薇属的花木成了最受重视的园艺植物之一。如拿破仑的妻子约瑟芬皇后就是著名的蔷薇花爱好者。1799 年开始约瑟芬命人为自己的麦尔梅森庄园（Malmaison）收集绘画、雕塑、珠宝和花园中的众多植物，她雇用了英国园艺家为自己修建养护花园，求助于英格兰、比利时、荷兰、德国和法国的园

维纳斯胜利的寓言　木板油画　146cm×116cm　1540—1545年
阿格诺罗·布龙奇诺（Agnolo Bronzino）　伦敦英国国家画廊

月季：名字的歧途

艺家和育种家们，让外交官、士兵帮助她四处收集植物，建立了当时最大最美的蔷薇园，最多时收集了 250 个种或变种的蔷薇，其中至少有 22 种来自中国原产的品种。

约瑟芬皇后还召集著名植物画家雷杜德（Pierre Joseph Redoute）为她的植物绘制彩图，从 1802 年到 1816 年间完成了 8 卷巨著 *Les Liliacées*，里面有 486 张彩色图版，这部书是准备奉献给约瑟芬皇后的，可是皇后 1814 年就死了，没能看到这部书的完成。雷杜德描绘的蔷薇是如此迷人，以致被称为"画玫瑰的拉斐尔"。

也因为欧洲贵族如此追捧蔷薇属植物，因此在 18 世纪末 20 世纪初出现了蔷薇育种的大爆发式成长，西欧园艺家选育出数千种新品种。许多欧洲商人、园艺家、传教士都开始搜集物种资源传回欧洲。当时欧洲商人已经到清代中期唯一开放的口岸广州花地苗圃购买植物。欧内斯特·威尔逊（Ernest H. Wilson）等园艺家也多次到中国探险考察，带回了许多蔷薇品种，多数都送到他先后服务的邱园、阿诺德植物园。

近代中国产的几种蔷薇属植物传入欧洲后杂交出许多令人瞩目的园艺品种。如原产东亚的野蔷薇（*R. multiflora*）输入欧洲后，成为创造小姊妹月季及蔓性蔷薇良种的主要亲本之一。原产云南、四川等省的血蔷薇（*R. moyesii*）的花朵呈浓血红色，传入欧洲后被用于培育现代多刺蔷薇。原产四川、陕西等地的黄蔷薇（*R. hugonis*）被用于杂家黄色花朵的园艺新品种。

原产中国的传统月季花（*Rosa chinensis*）和茶香月季（又名黄酴醾，*Rosa odorata Sweet*）传入欧美后在杂交培育现代月季的过程中发挥了巨大作用。可以四季开花的传统月季花与突厥蔷薇、法国蔷薇及其他种类进行杂交，产生了 1000 多种杂种月季品种。西欧园艺家用茶香月季同百叶蔷薇、突厥蔷薇及其他蔷薇反复杂交，育成了耐寒性强、可四季开花的多种"杂种长春月季"，这是 19 世纪末欧洲最流行的品类，在英国、法国的贵族花园中属于时尚花木，1906 年记录的品种达 2700 个以上。而"杂种长春月季"同茶香月季进行杂交，可以培育出开花更多、花期更长、花色更丰富的"杂种茶香月季"品系，很快取代了杂种长春月季和旧茶香月季的地位。■

瓶子中的白玫瑰　布面油画　93cm×74 cm　1890年
凡·高（Vincent van Gogh）　纽约大都会博物馆

玫瑰
爱情这一关

> 日高闲步下堂阶，细草春莎没绣鞋。
> 折得玫瑰花一朵，凭君簪向凤皇钗。
>
> ——唐·李建勋《春词》

晚唐时扬州诗人李建勋的《春词》描绘了一位女子摘下庭院中的玫瑰花簪在发钗上，因为玫瑰有着动人的香味。对中国古人来说，这是一种有香味的漂亮花木，并不具有情爱的意味。

在古代中国，玫瑰和爱情无关。"玫瑰"从造字起源来说都带"玉"字旁，这显示它最开始可能来源于对一种远方宝石外来名称的音译。2000年前汉代文人司马相如的《子虚赋》中说楚国云梦泽中"其石则赤玉玫瑰，琳珉琨吾"，他的另一篇《上林赋》渲染汉武帝的行宫上林苑中"玫瑰碧琳，珊瑚丛生"，这里"玫瑰"这个词指一种红色的珍稀宝石，可能是从楚地乃至更远地方的进贡给汉武帝的。

后人对于"玫瑰"这种宝石是什么、产自哪里有不同的说法。一派认为是南方海域传来的，如西晋晋灼认为"玫瑰"就是南海传入的"火齐珠"，6世纪初南朝任昉《述异记》记载南海（泛指东南亚、南亚乃至阿拉伯沿海地区）出产"玫瑰"，"南海俗云，蛇珠千枚，不及一玫瑰"。而在北方，《三国志·魏书》提及"大秦国"盛产的十多种宝物之一就是"玫瑰"。北朝《梁书》卷五四《诸夷传》说玫瑰多出自波斯、大秦等西方地区，可能指某种红色矿物宝石。北魏和平二年（461年）文成帝特命有司制作十二只巨型"黄金合盘"，"镂以白银，钿以玫瑰"。一直到初唐，"玫瑰"指的都是某种产自西方的宝石。

有意思的是西汉学者刘歆所著《西京杂记》中，记载汉武帝的乐游苑中曾经"自生玫瑰树，树下多苜蓿"，这种"玫瑰树"可能指工匠用宝石镶嵌的树形装饰物，也可能是某种色彩绚丽的外来植物。

有香味的红色花朵

到唐代中期才有诗人明确用玫瑰指花木，开元年间李叔卿的《芳树》写道：

> 春看玫瑰树，西邻即宋家。
> 门深重暗叶，墙近度飞花。

或许因为一些蔷薇开的带香味的红色花朵与传说中的红色宝石"玫瑰"颜色类似，于是人们最初以玫瑰形容它的花色，后来干脆就以"玫瑰"为名了。诗人白居易曾在诗中提到"菡萏泥连萼，玫瑰刺绕枝"，点出了玫瑰有刺这一特点。

另一位文人邵说在《上中书张舍人书》中说玫瑰"常开花明媚，可置之近砌，芳香满庭，虽萱草忘忧，合欢蠲忿，无以尚也"，或许此时刚兴起在庭院中栽培种植带有香味的玫瑰花。九世纪前期李肇《翰林志》中记载当时大明宫翰林院内种植的植物中既有紫蔷薇，也有玫瑰。

中国人栽种的这种有香味的玫瑰花可能就是现在所谓的皱叶蔷薇（*Rosa rugosa*），原产东北亚海滨地区，能长到1米多高，它茎秆上密布着刚毛和直刺，叶表面布满皱纹，果实是扁球形，要摘一朵"带刺玫瑰"得小心翼翼才成，古人形象地视之为"豪者""刺客"。最初只有单瓣花，后来栽培出了重瓣变种（var. plena），一般夏天开花，通常是紫红色或白色，花可供制香料，果实可供食用，根皮可制染料。

玫瑰和月季最好辨认的差别是玫瑰有香味，而且多在五六月开花一次；而月季可以月月开，没有香味，没法提取香精。"诗人熏入水沉中"说明当时已经出现了用玫瑰花、沉香等蒸馏制作被称作"玫瑰沉"的香水。

明代园艺家对玫瑰和其他没有香味的蔷薇科植物有明确的区分，如《学圃杂疏》称玫瑰"色媚而香甚"，"可食、可佩"，稍后王象晋在《群芳谱》中对玫瑰有了更为细致的辨别，指出它"多刺、有香、有色"，花瓣可以"入茶、入酒、入蜜"。

在中国，玫瑰和月季、蔷薇一样，没有获得如荷花、竹子那样重大的象征含义，除了在花园欣赏，只有些实际的用处，如宋代人喜欢采集带香味的玫瑰花与樟脑等一起放在香囊中佩戴，明朝的人还用来制酱、酿酒、泡茶和制作小吃，北京老牌的糕点店稻香村现在还卖南玫瑰饼，是用鲜玫瑰花、白糖、香油、红丝、桃仁等烤制的。

明代时玫瑰花也出现在了绘画中，如明代画家徐渭曾在自己的绘制的玫瑰花作品上题诗一首：

画里看花不下楼，甜香已觉入清喉。

无因摘向金陵去，短撅长丁送茗瓯。

18世纪末19世纪初，西方人把日本北海道和本州的玫瑰和中国北部的皱叶蔷薇引种到欧美，同茶香月季、杂种茶香月季、杂种长春月季等进行杂交，培育了许多现代月季的新品种，或多或少都保存了玫瑰的一些特点：细枝多，叶皱缩，花梗短而弱，香味浓烈。

晚清民国的翻译家将欧美的各种蔷薇科植物的"rose"翻译成"玫瑰"，浓艳的紫红色欧洲杂交新品种"洋月季"在19世纪末20世纪初登陆东方摩登都市上海，各种小说、教科书把欧美文化中有关玫瑰的宗教、爱情象征意义和情人节这种习俗传扬开来。

最早是上海慈母堂1886年出版了李林翻译的《玫瑰经义（二卷）》，在林纾翻译的小仲马言情小说《巴黎茶花女遗事》的影响下，国内先后出现了《玫瑰花下》《玫瑰贼》等言情小说，林纾与陈家麟合译的英国作家巴克雷的小说《玫瑰花》也在1918年出版。这些文学作品让玫瑰和爱情联系起来。作曲家陈歌辛在1935年创作出《玫瑰玫瑰我爱你》这首曲子，后来不仅走红上海滩的歌厅，还在二战后飘到美国，有了爵士乐演绎的版本，现在很多人还以为这是美国的流行歌曲呢。

当时在上海滩走红的作家张爱玲也写过有关玫瑰的小说《红玫瑰白玫瑰》，不过这位挑剔的作家对爱情的体验可能没有作曲家那样乐观，在她眼里红玫瑰有点尘俗，所以还要有白玫瑰、黄玫瑰之类的少见品类来呈现日常生活中清逸、冷冽的一面。

到了20世纪90年代以后，在众多爱情小说、影视剧、报刊、广告等文艺作品和大众媒体的传播下，"玫瑰象征爱情"成了广为人知的"文化共识"。而在古代中国文化中，与爱情有关的花木是香草、红豆、莲子、并蒂莲乃至任何树木的连理枝，要么表达相思和钟情，要么用两两相连象征情人、夫妻共生共死的紧密关系。而在当代文化中玫瑰那独立的花朵、饱和的色彩似乎更注重个人情爱意志的展露、表达，这是一种单向度的激情、呈现。

就像法国学者让·鲍德里亚说的，现代社会中的消费者更大程度上买的是商品代表的意义及意义的差异，而不是具体的物的功用。通过情人节这个洋节带来的"时尚仪式"把"玫瑰"这个汉语中早就有的名字转化成具有新的文化意义的词汇，它成为当时的都会时髦群体追求的共同标记，以后又慢慢通过报刊电视向更大层面传播开来。可当玫瑰花成为大路货，特定的群体又会去寻找其他的象征物品来标记代表自己，比如后来小资爱说的郁金香、薰衣草一类。

黄玫瑰　布面油画　23cm×31cm　1885 年　佛朗茨·波尔（Frants Diderik Bøe）

摩登的蔷薇水

罗马帝国灭亡后，欧洲的香水文化一度中断。这时候波斯、阿拉伯地区带动了香水技术和文化的发展，9 世纪的时候波斯人已经用蒸馏的方法制作蔷薇水，甚至已经在向中国、印度和摩洛哥出口。波斯人不仅用玫瑰香水喷洒住处、衣服，也将玫瑰作为一种调味品、药物。

10 世纪时波斯人发明了以蒸汽蒸馏玫瑰花瓣的新方法，提取出来的玫瑰精油尽管与水并没有完全分离，可是也已经纯度比较高。这种玫瑰精油相当昂贵，用 2000 朵玫瑰才能制成 1 克玫瑰精油，因此它们被用来调制昂贵的香水，或者给富人做药物。

11世纪博学多才的阿拉伯者伊本·西拿在他编著的医药学著作《医典》中记录了蒸馏的方法和器具，从化学角度完善了蒸馏和萃取的方法，制造出了味道更为香醇的蔷薇水、素馨水、蔷薇油等。基本方法是把玫瑰花和少许水放入大铜罐或锡罐中加热，水蒸气沿着木管进入另一只金属罐，冷凝为香气馥郁、味道微苦的玫瑰水，水上星星点点的浮油便是玫瑰精油。12世纪时，阿拉伯人发现将香精以酒精溶解，便可缓缓释放出香味，部分浓缩精华也因酒精得到更好的保存。

8世纪中期至13世纪以巴格达为首都的阿巴斯王朝以出产香水著称，如以制造香水著称的城市朱尔每年押送到巴格达去的红蔷薇香精就多达三万瓶，"用蔷薇（玫瑰）、谁怜、橙子花、紫花地丁等香花制造香水或香油，在大马士革、设拉子、朱尔和其他城市是一种兴旺的工业……朱尔出产的蔷薇水大量出口，远销到东方的中国和西方的马格里布"。

为了提炼玫瑰油，西亚大片土地都用来种植玫瑰，然后采收以后运到到巴格达提炼玫瑰油，巴格达因此成了浮动着香味的"香之都"。权贵富豪还尝试各种新的香料品种，比如有人把麝香混入泥浆中修建宫殿，宫殿就散发出浓烈而持久的香味。当时香水不仅仅是一种修饰华服的奢侈用品，还是神奇的药物。著名的阿拉伯神话故事《一千零一夜》中多处提到，洒蔷薇水、花露水可以帮助昏迷不醒的人恢复神志。

威尼斯、佛罗伦萨等地的贵族、商人在12、13世纪因为和奥斯曼土耳其、阿拉伯商人打交道比较多，他们首先模仿东方习俗开始使用蔷薇水，到16世纪以后巴黎等地才开始兴起洒香水，到17、18世纪使用香水成了整个欧洲的风尚。

而在中国，晚唐人已经知道西方出产植物精油，段成式《酉阳杂俎》记载："野悉蜜（素馨花精油），出拂林国，亦出波斯国……西域人常采其花，压以为油，甚香滑。"到了五代，香水开始传入中原，到广州贸易的外商、占城（越南）国王都曾给中原的皇帝进贡蔷薇水，"言出自西域，凡鲜华之衣以此水洒之，则不黦而复郁烈之香连岁不歇"。辽宋时代的墓葬遗址也出土过专门盛放蔷薇水的伊斯兰风格玻璃瓶，据记载是用蜡密封瓶口。

之后，苏门答腊岛的三佛齐国、西域的大食国都曾进献蔷薇水给宋朝皇帝。当时人们多使用蔷薇水供佛,也是女子装点的尤物,北宋、南宋常有关于从华南进口的蔷薇水的记载,多是佛教徒用于供佛或者权贵富豪、时尚女士们洒在发鬓、衣物上增添香味。

宋朝宫廷仪式和日常都大量使用香料,如南宋诗人杨万里在《正月五日以送伴借官侍宴集英殿十口号》中曾夸耀在皇宫中的见闻:

金鬘狻猊立玉台,双瞻御坐首都回。

水沉山麝蔷薇露,漱作香云喷出来。

北宋权臣蔡京之子蔡絛《铁围山丛谈》卷五中提到蒸馏制作香水的技术在北宋末年已传入广州,"旧说蔷薇水,乃外国采蔷薇花上露水,殆不然。实用白金为甑,采蔷薇花蒸气成水,则屡采屡蒸,积而为香,此所以不败,但异域蔷薇花气,馨烈非常,故大食国蔷薇水虽贮琉璃缶中,蜡密封其外,然香犹透彻,闻数十步,洒著人衣袂,经十数日不歇也,至五羊效外国造香,则不能蔷薇,第取素馨、茉莉花为之,亦足袭人鼻观,但视大食国真蔷薇水,犹奴尔"。可见波斯人用大马士革玫瑰制成的花露香气更为浓烈,远胜国产,所以富贵人家还是推崇进口洋货。

明清两季,国内人也用本土的玫瑰品种蒸馏花露水,用玫瑰花瓣熏茶、泡酒、制蜜饯,出现了一些以栽培利用玫瑰花著称的地方,其中最著名的是山东平阴玫瑰镇、北京妙峰山、甘肃苦水镇。

明万历年间,平阴翠屏山宝峰寺僧人慈净于翠屏山周围种植玫瑰,后繁衍扩大,周围民众都开始栽种。明末僧人已用玫瑰花酿酒、制酱、做茶。清末已形成规模生产,各地客商在摘花季节会来收取花蕾、花瓣等。1957年当地开始用鲜玫瑰花提炼玫瑰油,是中国最早生产玫瑰油的县区之一。1960年当地政府把这个镇改名"玫瑰人民公社",后更名"玫瑰镇"。

北京妙峰山下的村镇在清代以玫瑰花种植著称,这可能和著名的妙峰山香会有关。明代妙峰山上的敕建惠济祠(娘娘庙)因为"灵验"远近闻名,"香火甲天下",

每年农历四月初一至十五香会期间数万附近民众前来拜祭进香，把当地的鲜花饼等小吃的名声也传扬出去了。据说这里的玫瑰最早是僧人种植的，最初都是野生单瓣玫瑰，后经庙里僧人数十年的培育成为重瓣品种，村民、商人也开发出各种用法，北京城的糕饼店里收购玫瑰花瓣以后用于制作玫瑰饼、玫瑰花酱、胭脂头油等。

乾隆年间兰州附近已经以种植玫瑰著称，当地传说道光年间，兰州附近永登县苦水镇李窑沟的文人王乃贤赴京赶考返回时从西安带回几株玫瑰花苗，栽植在自家花园中观赏。"苦水镇"的地下水碱性大、味道苦，不料这里的环境却适应玫瑰的生长，他种下的玫瑰枝繁叶茂、花香四溢，周围人家纷纷移栽种植，不过数年各家房前屋后满是玫瑰。

人们也纷纷有了各种利用玫瑰花瓣的办法，如酿酒、糕点作料等，农家妇女蒸馍做饼时把玫瑰花当作香料掺入其中增香，也有人把晒干的玫瑰花蕾加入"盖碗茶"中提味。这里直到1961年才尝试购买设备提取玫瑰精油，二十世纪八九十年代快速发展，成为中国最大的玫瑰花和玫瑰精油产地。我的家乡离永登不远，受那里影响也常把玫瑰当香料，小时候母亲蒸花卷、烤馍馍的时候会在里面撒一点玫瑰花瓣，与姜黄、苦豆一样带给花卷、馍馍别样的香味。

几乎所有的玫瑰花在生物学意义上并不娇贵，对生长条件的要求十分低，耐贫瘠，耐寒、抗旱，适应性强，能在干燥的土地里顽强地生长，所以在世界各地都有种植。

欧洲文化中的"rose"

在西亚和欧洲文化中"rose"扮演了重要的角色，有香味的玫瑰是著名的香料，也是宗教中具有象征意义的植物。

两千多年前巴比伦的空中花园（The Hanging Gardens of Babylon）和古波斯的花园（The Gardens of Ancient Persia）可能就种有红色的突厥蔷薇（*Rosa damascene*），她散发出的丁香般的香气让波斯人着迷不已，那时候就试图固定和保存这美妙的味道。可能古波斯人在两千年前就把玫瑰花加入油膏制成香料传播并开始大量人工栽培玫瑰，人工栽培的突厥蔷薇可以长到2米，开重瓣的粉红色花朵。伊朗东北部人工栽培的玫瑰穿过中东到达希腊和美索不达米亚，叙利亚和巴勒斯坦。

克里特岛诺萨斯（Knossos）遗址著名的"蓝鸟壁画"上绘制有大约公元前1700年蔷薇图画，花瓣上红色的斑点，中间许多黄色的花药和清晰可见的刺是蔷薇的特征，可能是后世命名的"法国蔷薇"（*Rosa gallica*）或亚述、埃及出产的"神圣蔷薇"（*Rosa sancta*）。

公元前8世纪的希腊女诗人萨福（Sappho）在诗文中推崇玫瑰为"花中女王"，当时蔷薇在希腊可能广泛种植，已是大众文化的一部分，被视为爱与美的女神阿佛洛狄特、快乐之神狄奥尼索斯的象征。公元前5世纪的希腊诗人品达（Pindar）曾经描写希腊一个城邦中到处是香堇和玫瑰：

香堇甜甜的香味与阳光一道浸遍了整个城市，

香气所及之处，蔷薇为额头加冕。

古希腊历史学之父希罗多德（Herodotus）记录过栽培在国王花园中的具有60片花瓣的蔷薇，后人考证它可能是重瓣的法国蔷薇或白蔷薇（*Rosa alba*）。"植物学之父"西奥弗拉斯塔（Theophrastus）记载当时的富贵人家会在庭院中栽种百合、香堇、蔷薇和其他带香味的花，人们相信花香可以使人们保持健康。西奥弗拉斯塔说当时人种植的蔷薇"有不同的花瓣，一些是5片，还有一些是12片或20片，少数甚至达上百片。它们在颜色、香气的甜味方面也是不同的。一些较粗，并且大花芳香蔷薇的花萼较为粗糙。最甜的蔷薇来自昔兰尼（Cyrene）"。昔兰尼在今天北非城市班加西附近，公元前7世纪时就成为希腊人经商的殖民据点。另外他还提到，从西亚而来的突厥蔷薇也非常芳香。

在北非、西西里和西班牙经商、定居的希腊人把蔷薇引种到罗马控制的地方，罗马人最初和希腊一样在特殊节庆祭祀神灵或纪念逝者的仪式上才佩戴玫瑰花冠，

玫瑰的灵魂　布面油画　61cm×91.4cm
1908年　沃特豪斯（John William Waterhouse）

涂抹玫瑰油膏，认为它是美神维纳斯的象征。

后来，出于对玫瑰的形色、气味的欣赏，很多罗马的权贵富豪日常也佩戴玫瑰花冠、香囊。公元前300年影响政治走向的元老院元老之一加图（Marcus Porcius Cato）认为在日常生活中滥用玫瑰是道德败坏和奢侈浪费，试图阻止人们随意佩戴玫瑰花，他曾把罗马与外敌作战期间还在城中白天头戴玫瑰花冠游乐的高利贷商人投入监狱。可他无法阻止其他达官贵人对玫瑰的热烈追求，为了减轻罗马人为此支付给东方的金钱，加图曾鼓励人们在自己的私人花园里种植玫瑰，争取自给自足。

公元前1世纪罗马政治家西塞罗（Marcus Tullius Cicero）指控贪婪浮华的西西

里总督（Caius Cornelius）生活奢侈，每当他到乡间旅行时总是坐在铺满玫瑰花瓣的凳子上，头戴玫瑰花环，鼻子底下还挂着一个有玫瑰花瓣的嗅袋。稍后罗马进入恺撒和奥古斯都的时代，权贵纷纷修建私人玫瑰园，既可以散步欣赏，也可以为自己的客厅、卧室供应新鲜的芳香鲜切花。

这一时期埃及的统治者是以奢华著称的"埃及艳后"克丽奥佩特拉（Cleopatra），据说她的房间中摆满玫瑰花，每天一定要在装满香料的浴缸中沐浴，并在身体上涂麝猫香之类的动物性香料，性感的香味帮助她先后征服了罗马将领恺撒、马克·安东尼。她和安东尼最终在罗马的三巨头内斗中被击溃，最后以毒蛇自杀，可她生前的豪华做派让罗马权贵羡慕不已。

此后罗马权贵也开始大规模将玫瑰用于欢庆、晚宴，每年五月还有玫瑰节，贵族纷纷用玫瑰和香堇装饰宴席乃至浴池，宴请时会让侍者给客人戴上香气扑鼻的玫瑰花环。罗马帝国第五代皇帝尼禄举办宫廷宴会时曾让属下从天花板高处撒下成堆的玫瑰花瓣，同时用银制的管子向每张桌子洒带有玫瑰香味的水，让整个宴会都弥漫在浓郁的香气中。权贵的爱好催生了到各地购买搜集玫瑰花的商人，甚至出现了专门的玫瑰花交易所。

罗马贵族的骄奢淫逸影响了公元初基督教会对玫瑰花的看法，教会一度认为玫瑰是种诱发堕落的色情之花，禁止基督徒用玫瑰做装饰和沐浴。直到公元4世纪初在圣母玛利亚崇拜兴起的时候才有所改变，为了渲染耶稣基督的神奇和附会民间的偶像崇拜习气，有教士把圣母与玫瑰花组合在一起，称之为纯洁的象征。后来一些隐修教士还把一百五十篇圣咏里的《圣母圣咏》称之为《玫瑰经》（Rosarium），意思是说这一系列咏歌如同献给圣母的一束玫瑰花。中世纪时，许多诗文将圣母玛利亚说成是"无刺的玫瑰"。11世纪后，许多哥特式教堂正厅的窗户用玫瑰环形装饰。

这时候也开始流行一种传说，说耶稣让钉在十字架上时，流出的鲜血滴在泥土中的苔藓上，它们神奇地长出玫瑰花，提醒人们这是救世主为人间罪孽而流下的鲜血。教会就此赋予玫瑰宗教上的含义，红玫瑰成为基督受难和复活的象征，白玫瑰成了圣母玛利亚的标志，石楠蔷薇被说成是从耶稣带有刺的蔷薇花冠而流出的血上长出的。

既然玫瑰已经成为象征基督受难的天国之花，很多修道院、贵族开始把玫瑰作为族徽、标志来使用，1455 年至 1485 年之间，为了争夺英格兰王位，以红玫瑰为族徽的兰开斯特家族和以白玫瑰为族徽的约克家族先后发生两次大战和断断续续的很多小冲突，最后以通婚谈和收场，皇室徽章也顺理成章改为了红白玫瑰的组合。戏剧家沙士比亚在 16 世纪编排的历史剧《亨利六世》中，以两朵玫瑰喻指上述两大家族的王位争夺战，这以后人们才用"玫瑰战争"指称这段历史。

埃拉加巴卢斯的玫瑰花季　布面油画　132.7cm×214.4cm　1888 年
劳伦斯·阿尔玛－塔德玛（Lawrence Alma-Tadema）　西蒙基金会

传说古罗马暴君埃拉加巴卢斯（Heliogabalus）曾在大摆筵席时让数吨玫瑰花瓣突然从天而降，将宾客们淹没其中。这位古罗马皇帝原名瓦里乌斯·阿维图斯·巴西亚努斯，因崇拜腓尼基性爱之神埃拉加巴卢而改用现名。画中他位于画面的中央，仿佛染上了 19 世纪流行的"倦怠症"一样倚在躺椅上，与坐在旁边的母亲和宠臣一起看着被花瓣雨埋没的与会宾客。玫瑰在古代既是帝王尊贵的象征，也是画家十分钟爱的主题，同时，在 19 世纪的欧洲文艺界，玫瑰也略带颓废的意味。

和玫瑰有关的 2 月 14 日情人节是非常晚起的习俗。在历史上，古罗马人的牧神节是每年 2 月 15 日，那一天罗马人会狂欢作乐甚至野合来庆祝牧神的节日。到公元 496 年，教宗圣基拉西乌斯一世废除了罗马人传统的牧神节，把 2 月 14 日定为纪念基督教先烈的圣华伦泰节。传说罗马皇帝克劳狄二世为了征兵严禁年轻男子结婚，但有个叫华伦泰的教士违反皇帝的命令继续给年轻男女主持婚礼，因此在公元 269 年 2 月 14 日遭到处决。

此后很长时间里人们都没有特别在意圣华伦泰节，也没有和爱情联系起来，14 世纪以后人们才开始纪念这个日子，并逐渐和玫瑰花联系起来。或许 15 世纪文艺复兴以后欧洲人重新发掘希腊文化以后才想起用红玫瑰象征爱情。真正让情人节成为潮流的是 19 世纪、20 世纪的大众媒体和商业广告体系，在他们的全力渲染下，现在情人节可能是仅次于圣诞节和中国春节的重要节日。

在欧美，2 月 14 日也并不是人人认可的情人节。比如我在西班牙看到巴塞罗那的加泰隆尼亚人把 4 月 23 日的圣乔治节（Sant Jordi）当成情人节。传说骑士圣乔治曾从一条恶龙嘴下解救出基督徒，后来成为加泰隆尼亚地区的守护神，他的忌日就成为圣乔治节。从 15 世纪以后，男子们要在这一天给去圣乔治教堂做弥撒的女士们献上玫瑰花，此后渐渐发展成加泰隆尼亚地区的情人节，同期也举办盛大的玫瑰花市集。∎

牡丹图页 绢本设色 24.8cm×22cm 宋代 佚名画家 北京故宫博物院

牡丹
女皇的乡思

> 势如连璧友,心似臭兰人。
>
> ——唐·上官婉儿《句》

有一年唐高宗和武则天在宫廷花园中请群臣,欣赏新开放的双头牡丹花,众人当场赋诗庆贺,掌管拟制诰命的宫廷才女上官婉儿写下了一首诗,但是仅仅保存上面这一句。"双头牡丹"亦称合欢牡丹,指一枝之上两朵牡丹花并蒂而开,极及少见。这句诗把双头牡丹比作珠联璧合的挚友,进一步引申到《周易·系辞》说的"二人同心,其利断金,同心之言,其臭如兰",恭维李治和"天后"武则天两人临朝共治,同心同德,所以言语就像兰草那样芳香,让臣民感到欢欣鼓舞。

上官婉儿如此曲意逢迎,大概很得武则天的欢心。上官婉儿的经历非常戏剧化,她的祖父上官仪是掌管起草诏谕的三品高官,麟德元年(664年)唐高宗一度谋划废黜武则天,找上官仪起草相关诏书,可得到消息的武则天说服唐高宗放弃了这个想法,不久之后借机处死上官仪及其子上官廷芝,还把上官廷芝的妻子郑氏、刚出生不久的女儿上官婉儿发配到宫廷内为奴。郑氏大概颇有文采,在她的悉心教育下上官婉儿年纪轻轻就以才思敏捷、文辞华美著称,十四岁时被武则天免除奴籍,任命为拟制诏命的女官,在武则天改元称帝时代、唐中宗复辟时代她都是宫廷内的风云人物。710年唐中宗去世，临淄王李隆基（后来的唐玄宗）发动政变，率领禁军官兵攻入皇宫击杀唐中宗的皇后韦后、安乐公主等人，上官婉儿也在当晚被杀。

唐高宗和武则天如此垂青牡丹花，因为正是他们约二十年前把牡丹花从武则天老家带到了洛阳的皇室宫苑，带动了唐代权贵赏花的新潮流。

中唐人舒元舆曾在《牡丹赋》序言中追述此事,说："古人言花者,牡丹未尝与焉。盖遁于深山,自幽而芳,不为贵者所知,花则何遇焉？天后之乡西河也,有众香精舍,下有牡丹,其花特异。天后叹上苑之有阙,因命移植焉。由此京国牡丹,日月浸盛。今则自禁闼泊官署,外延士庶之家,弥漫如四渎之流,不知其止息之地。每暮春之月,遨游之士如狂焉,亦上国繁华之一事也。"

在武则天之后，唐玄宗李隆基让人在长安宫苑和附近的行宫中大种牡丹。当时洛阳人宋单父善于种花，曾应唐玄宗之召在骊山行宫种了一万多本颜色各不相同的牡丹。长安的兴庆宫沉香亭畔牡丹盛开的时候，唐玄宗带着杨贵妃赏花，还曾诏翰林供奉李白写"一枝红艳露凝香，云雨巫山枉断肠"这样的助兴诗歌传唱。红紫色的牡丹最为常见，王维也曾写有一首《红牡丹》：

绿艳闲且静，红衣浅复深。
花心愁欲断，春色岂知心。

红色、紫色的牡丹比较常见，所以人们开始推崇其他色彩的牡丹，开元末年有个长安有个官员裴士淹从山西汾阳的众香寺移栽一棵白牡丹，号称"都下奇赏"。卢纶《裴给事宅白牡丹》曾经歌咏此事：

长安豪贵惜春残，争玩街西紫牡丹。
别有玉盘承露冷，无人起就月中看。

中晚唐时长安、洛阳的牡丹都相当著名，如长安慈恩寺、西明寺、兴唐寺的牡丹非常著名，每到开花的时候许多达官贵人都会前去欣赏。洛阳的田弘正宅邸、安国寺等处的牡丹也名声在外。到了中晚唐时牡丹花才传播到江南地区，据说长庆二年（822年）白居易到杭州担任刺史以后四处游赏花木，当时只有开元寺的僧人栽种牡丹。

按现代植物分类学，牡丹属于芍药科芍药属植物，野生的好多种芍药属植物在亚、欧、美洲都有分布，中国最早进行人工栽培。唐代人们把牡丹和芍药加以区分，大概把花朵大、枝干高的芍药叫作"木芍药""牡丹"，花比较小、花期稍晚的草本蓄根植物叫"芍药"。

既然武则天、唐玄宗以下的权贵富豪如此欣赏牡丹花，那花农也就不断培养选择那些世人欣赏的特性，比如花大色艳、芳香浓郁，不断栽种、选育、杂交，让它们在花园里争奇斗艳。对北方的长安来说，每年农历四月牡丹开得最盛的时候，也是可以脱掉臃肿的冬衣、穿得漂漂亮亮到户外冶游的时刻，人们怀着欢快的心情面对花木和世界。

当时的贵族钟爱艳丽的色彩，对金、碧、紫的刻意追求表现在他们的壁画、仪仗、衣服甚至画在脸上的"红妆"上，鲜艳的牡丹也比梅花之类的小花适合映衬当时宏大的宫室、仪仗。每到暮春，长安、洛阳人摩肩接踵去观看牡丹花开，白居易诗曰"花开花落二十日，一城之人皆若狂"，显然从皇室到民间都追捧它，于是也刺激了种植业的发展，"人种以求利,本有值数万者"。据说当时还有人把牡丹嫁接在椿树上，高丈余，可于楼上赏玩，称为"楼子牡丹"。

牡丹在中晚唐也成了绘画的题材，如罗隐曾在《扇上画牡丹》中写道：

> 为爱红芳满砌阶，教人扇上画将来。
> 叶随彩笔参差长，花逐轻风次第开。
> 闲挂几曾停蛱蝶，频摇不怕落莓苔。
> 根生无地如仙桂，疑是姮娥月里栽。

谷雨一候牡丹（墨妙珠林子）　纸本设色　清代　余省　台北故宫博物院

唐代以后最负盛名的是洛阳和菏泽的牡丹。欧阳修、司马光都称颂过洛阳的牡丹，在北宋的时候与扬州芍药齐名并称"天下第一"。虽然牡丹是武则天首先下令在洛阳引种，但文人却刻意贬低这位女皇的作用，宋人高承《事物纪原》说武后下诏在自己游览后苑之前要让百花都开放，唯独牡丹没有为她开放，于是就贬谪牡丹去洛阳，执意突出牡丹劲骨刚心的象征精神。

古人喜欢用颜色、形态、结构类似的东西来比喻性地命名牡丹的品种，撇开花的样子不说，光是"庆云黄""玛瑙盘""御衣黄""淡鹅黄""观音面""醉杨妃""睡鹤仙"这些名字就够人遐想的。从《洛阳风土记》的记叙可以看出来，诸如"苏家红""贺家红""林家红"之类，都是当时富家大族以养花为风尚催生出的产物，他们竞相培植新奇品种，诸如"姚黄""魏紫"这样的新鲜品种会在几天内名动全城，"姚黄"当时珍贵到一年才开几朵花，想必要比今天批量生产的宾利汽车还珍稀。

晚清时候，法源寺的海棠、丁香，以及距离不远的崇效寺的牡丹都出了名，每到花开季节许多文人雅士都前去观赏，画家于非闇还多次描绘那里的牡丹。

这座寺庙颇有来历，唐贞观元年（627年）幽州节度使刘济设施宅邸创建了一座佛寺"崇孝寺"，宋末变成了废墟，到元代初年在旧址新建了一座佛寺"崇效寺"，后来在明天顺及嘉靖年间先后两次重修。这座寺庙在明代规模颇大，塔园中栽种了上千株枣树，民间俗称"枣花寺"，可以想象开花的时候堪称美景，可是因为距离内城太远而游人罕至。

康熙时期这里还有上千株枣树，可是后来附近人口渐多，附近地区都变成了街道房舍，乾隆时代于敏中等纂修的《日下旧闻考》记载寺中只剩下了数株枣树。

到了晚清，反倒是这里的牡丹花开始出名，成了京南的一处重要景点，每当暮春三月牡丹盛开，常常吸引名人雅士前来围观，王士祯、林则徐、康有为、梁启超、鲁迅等名人都曾前来游赏。这里的牡丹圃在崇效寺大殿西北角，大约有三分地，除了常见的"姚黄""魏紫"外，还有一两株名贵的墨牡丹和绿牡丹。

晚清著名的女词人顾太清就曾约好友一起到这里看牡丹花，可惜前一日刮风下雨，花已零落殆尽，她只好写了一首《玉楼春》纪念此事：

牡丹册　纸本设色　49.2cm×88.2cm　清代　恽寿平　台北故宫博物院

扶头雾雨催春尽。

十日旧游花尚嫩。

东风一夜损芳菲，满地落红深几寸。

风前弱絮吹成阵。

栏外绿阴经雨润。

回头一笑嘱花王，来岁花开仍过问。

20世纪30年代崇效寺近乎倾颓废弃，平时很少游客，只有牡丹花开的时候依旧能吸引到游人。1949年后，朱德、徐特立、黄炎培等也曾特地去赏花，1950年民国遗老画家叶恭绰自港赴京，看到崇效寺牡丹大部枯萎，非常惋惜，建议把崇效寺的牡丹移栽到中山公园音乐堂前的"国花台"。崇效寺旧址后来用于修建白纸坊小学，仅有一座明代修建的藏经阁保存至今。

崇效寺牡丹移植一事曾在当时爱赏花的雅士中引起关注，上海画家吴湖帆曾经作画并赋诗《天香》寄给叶恭绰：

日本牡丹　卡纸油画　17.8cm×21.6cm　1912年之前
劳伦斯·阿尔玛-塔德玛（Lawrence Alma-Tadema）　纽约大都会博物馆

酣酒朝天，秾妆映日，物华苒苒如水。

泪染铜驼，梦摇金凤，似识井瓶名字。

炉香御惹，嗟细掐、痕寻玉指。

一曲霓裳缥缈，昭阳许留清气。

可怜帝城纵醉。忍无言、露零珠碎。

漫道艳容倾国，断肠门闭。

萧寺堪谁念远，恁消息、而今换情味。

秀色临风，重翻翠被。

    观赏的芍药科牡丹据说是由空海和尚从中土传入日本，主要栽种在佛寺和达官显贵的苑囿中，也如唐人作为"富贵花"来欣赏，到德川时代才扩散到民间。江户时代（1603—1867）日本嫁接选育出"寒牡丹"等新的品种，后来欧洲人也是首先从日本引进牡丹品种。20世纪前后这成为日本花木出口的重要商品之一，曾大量出口欧美。至今日本的东京的安部牡丹园、奈良的长谷寺、石光寺、须贺川牡丹园，新西井大师牡丹园等还以牡丹花著称，每年四五月间是赏花的热闹处。

    欧洲人最早了解牡丹花、芍药花是在从中国进口的丝绸和瓷器上所见的装饰图样，直到1656年荷兰东印度公司的贸易代表来中国访问期间亲眼看到了牡丹，回国后还曾公开报道。约1786年，英国皇家植物园邱园的主人约瑟夫·班克斯（Joseph Banks）看到报道后就让英国东印度公司的外科医生亚历山大·杜肯（Alexander Duncan）在广州帮忙收集牡丹，第二年送到了邱园，1789年便有一株开出了高度重瓣的"粉球"牡丹，这是最早进入欧洲的中国牡丹花。19世纪英国又引进过中国其他品种的牡丹。但牡丹没有如月季、山茶、菊花一般受到更广泛的欢迎，也许是因为它缺乏菊花那样集中、高饱和度的色彩，分散的花形没有月季那样的冲击力和持久性。

    倒是美国在第一次世界大战后曾从欧洲、日本大量进口牡丹在公私花园种植，植物学家和园艺家桑德斯（A.P.Saunders）还成功地把黄牡丹和紫牡丹与日本牡丹品种杂交，获得了一批从深红、猩红、杏黄到琥珀色、金黄色和柠檬黄色等不同颜色变化和组合的种间杂交后代，选育出 70 多个新品种。但牡丹似乎并不适应美国大多数地方的气候、土壤条件，反倒是相近的芍药非常适应当地的环境，种植和使用更为普遍，芍药鲜切花常被用于婚礼等重要场合。■

芍药 绢本设色 58cm×40cm 清代 邹一桂

芍药
殿春可堪赠

溱与洧，方涣涣兮。

士与女，方秉蕑兮。

女曰观乎？士曰既且，且往观乎？

洧之外，洵诉且乐。

维士与女，伊其相谑，赠之以勺药。

溱与洧，浏其清矣。

士与女，殷其盈矣。

女曰观乎？士曰既且。且往观乎？

洧之外，洵诉且乐。

维士与女，伊其将谑，赠之以勺药。

——先秦《诗经·郑风·溱洧》

这是 2500 年前的《诗经·郑风·溱洧》。对春秋时候的郑国人来说，农历三月上巳节正值河水解冻、万物萌发，人们在这一天到溱河、洧河边泼水求吉，希冀用香草祛除不祥。这期间也是青年男女嬉戏恋爱的日子，除了已婚和家有丧事之外都可以去参加。自然，这位女孩的心也像哗啦啦的河流一样荡漾起来，她按捺不住去叫心爱的男子一起去河边看热闹,男子开始还故意唱反调逗弄,女的情急之下说河边人来人往乐趣多多,人们都去那里玩耍,临分开时男子还送一种叫"勺药"的东西作为爱情信物。古代的道德家说这个地方的民风恶劣才有这样直白的民歌,可用今天的眼光看实在算不了什么,比现在人在情人节的各种造作言辞清淡多了。

这里作为赠礼的东西可能并非今天我们熟悉的"芍药花",而是那时候流行的某种香草植物,可以留存萦绕的香气让古人觉得非常神奇,相信它们具有种种祭祀、医药的作用。

大概到了汉朝人们才用"芍药"这个名字来指称多种芍药属花木,当时人把它们红色的根当作药材,或许已经有人开始栽种芍药了。实际上,野生的芍药科芍药

红白芍药图　绢本设色　94cm×97.3cm　1731年　华嵒　中国美术馆

属植物有好多种,在亚、欧、美洲都有分布,但中国人最早把它作为药材进行人工栽培。

南北朝时谢灵运把江南水边的一种植物称作"牡丹",也是一种珍贵药材。到了唐初,有人用北方的芍药属植物的红色根部冒充牡丹的根,也就把这类开红花、有红色根茎的芍药属植物叫作"牡丹"了,江南的"正牌牡丹"在药书里反倒成了"吴牡丹"。

到了唐代,武则天、唐玄宗李隆基等大力推崇欣赏山西出产的牡丹花,于是人们开始区分牡丹和芍药,大概把花朵大、枝干高的芍药叫作"木芍药""牡丹"(*Paeonia suffruticosa*),花比较小、花期稍晚的草本蓄根植物叫"芍药"(*Paeonia lactiflora*)。

后来人们越来越重视这些植物的观赏性,尽力想让它开大花、提早开放,于是不断选育,让芍药属植物分化出两个不同的组:牡丹组植物的花朵更大、叶子更宽,正面绿色背面有点黄绿,而芍药组的植物叶片狭窄,正反面均为黑绿色;牡丹组植物的花朵着生于花枝顶端,多数每个枝头就一朵;而芍药组植物的花可以生在枝顶或者叶腋,往往好几朵在一起;牡丹组植物的枝干比芍药矮和粗,过冬不会枯死,而芍药组植物露出地面的茎不能越冬,只有埋在土壤中的纺锤形块根还维持生命,等到来年早春重新抽出新芽长出地面;牡丹组植物一般在4月中下旬谷雨前后开花,而芍药组植物开花要晚两周,所以江南有"谷雨三朝看牡丹,立夏三照看芍药"之说。

牡丹和芍药的分化过程,就像月季和蔷薇的分化一样,当人们在园林种植、欣赏某种植物,经济或政治因素就是激励人工加速培育以及知识上的不断细化和深化发展。对观赏植物进行选育、嫁接时,花朵变大、花色增多、开花期提前往往是追求的主要目标,那些个子大的因此和个子小的区分开来,分别称为牡丹和芍药。在唐代牡丹的品种出现大爆炸,就是因为那时候牡丹价格昂贵,"数十千钱买一棵",顶得上十户中等人家的赋税量,这给了花农们足够多的动力。而芍药可能还主要是作为药材使用,所以培育方面的改进要慢很多。

花大、色艳、香浓的牡丹在武则天、唐玄宗时盛极一时,芍药只好屈居下风,留下"小牡丹"这个别号。中晚唐时芍药才成为流行的花卉,如元稹曾在《忆杨

芍药（《仙萼长春图册》十六开册页之一）

绢本设色　33.3cm×27.8cm　清代　郎世宁　台北故宫博物院

十二》中提到当时人们在暮春以芍药花相赠的风尚：

　　　　去时芍药才堪赠，看却残花已度春。
　　　　只为情深偏怆别，等闲相见莫相亲。

　　唐代的画家已经把芍药当作绘画主题，范仲淹曾经在一幅唐代翰林所画白芍药图上题诗：

　　　　治乱兴衰甚可嗟，徒怜水调诉荣华。
　　　　开元盛事今何在，尚有霓裳寄此花。

芍药：殿春可堪赠

史湘云醉卧芍药圖图　绢本设色　20.3cm×27.7cm　清代　费丹旭　北京故宫博物院

另一位名人苏轼也曾在五代著名花鸟画家赵昌所绘的芍药画上题诗：

倚竹佳人翠袖长，天寒犹著薄罗裳。
扬州近日红千叶，自是风流时世妆。

苏轼之所以提到扬州，是因为隋唐以后扬州以芍药花出名，宋代人有"洛阳牡丹，广陵芍药"的说法。另外一位诗人欧阳修也曾在《眼有黑花戏书自遣》中并称洛阳牡丹和扬州芍药：

洛阳三见牡丹月，春醉往往眠人家。
扬州一遇芍药时，夜饮不觉生朝霞。
天下名花惟有此，樽前乐事更无加。
如今白首春风里，病眼何须厌黑花。■

芙蓉　绢本设色　25cm×26.2cm　宋代　佚名画家　台北故宫博物院

芙蓉

水边的优雅

晚凉思饮两三杯,召得江头酒客来。

莫怕秋无伴醉物,水莲花尽木莲开。

——唐·白居易《木芙蓉花下招客饮》

白居易在秋天木芙蓉开花的时候邀请朋友到自己家,一起在庭院中赏花、饮酒,还写了这首《木芙蓉花下招客饮》。

"芙蓉"这个词指的是花木变来变去,早期的文献里都是指水中生长的荷花,如《离骚》中写的"制芰荷以为衣兮,集芙蓉以为裳"就是如此,唐代人们觉得木芙蓉的花瓣白中带红,形色有几分像荷花,才用"木芙蓉""木莲"来称呼这种长在泥土里的地上之花。

木芙蓉是锦葵科落叶灌木,原产中国西南、不丹等地高原盆地,喜欢温暖湿润的气候,在长江流域和华南广泛种植,华南的城市常能见到长到七八米高的树干,花也开得娇艳。它在江南通常在秋季八九月开花,因为花叶类似牡丹,在秋季开花,所以木芙蓉还有诸如"秋牡丹"这样的别名。其实木芙蓉比牡丹娇贵,要在温暖湿润的地方才长得高大茂盛。明代人总结"芙蓉宜植池岸,临水为佳。若他处植之,绝无丰致"。一方面是这样对植物有利,另一方面也是波光花影相映,增加观赏情趣。

秋鹭芙蓉图　绢本设色　100cm×58cm　明代　吕纪　台北故宫博物院

唐时已有不少文人墨客欣赏木芙蓉的艳丽芬芳、清姿雅质，唐玄宗时代的诗人李嘉佑在《秋朝木芙蓉》中形容"平明露滴垂红脸，似有朝愁暮落时"，其后白居易写过"花房腻似红莲朵，艳色鲜如紫牡丹"，可见当时颇引人瞩目。但其"文化地位"和牡丹、荷花相去甚远，唐代罗虬《花九锡》中推崇兰、蕙、梅、莲，把"芙蓉、躑躅、望仙"称为"山木野草"，不值一说。五代十国时期蜀汉张翊《花经》以九品九命给花木分级，牡丹为"一品九命"、荷花为"三品七命"、木芙蓉为"九品一命"，依旧是陪衬角色。

传说五代后蜀的君主孟昶爱极芙蓉，命人把芙蓉花捣汁染缯为帐，名"芙蓉帐"，这倒是和古罗马的奢侈君主对玫瑰和紫罗兰的爱好有点像。据说他还下令在城墙上和城外的野地里栽种木芙蓉花，每到深秋城外延绵四十里，灿然如云霞相映，成都遂有"蓉城"之名。后来，四川人苏东坡曾把芙蓉引种到西湖的苏堤上，还学陶渊明写过一篇煞有介事的《芙蓉城诗序》，说有个叫王迥的人曾与仙人周瑶英同游芙蓉城。

木芙蓉的名声到宋代有所提高，关键是对其"道德品性"的重新建构：芙蓉花开的比菊花还晚，大概是冬季之前少数几种可以欣赏的花木之一，因此也引申出"拒霜"的品格。

周必大《二老堂诗话》中有首写木芙蓉的诗："花如人面映秋波，拒傲清霜色更和。能共余容争几许？得人轻处只缘多。"诗人既赞美了木芙蓉的傲霜品行，又指出它让人容易轻视的一点是一丛一树密集地开放，不像芍药（别名"余容"）那样单独开引人关注。

不像荷花后来附会了许多圣洁的含义，芙蓉花多和朝愁暮怨的情绪关联，或为落第文人、隐士以此关照自身，"不向东风怨未开"，或是形容女子的情态气质。让芙蓉和美人联系的关键是和牡丹的对比，芙蓉比以富丽堂皇著称的牡丹花朵要小，在秋末又容易沾染风露，就好像清丽的小家碧玉，别有一番妩媚的风情，要比牡丹显得亲切可人。《红楼梦》里的晴雯就兼有上述雅质、清愁、高洁的品性，可好花不常开，好景难继续，曹雪芹只能以《芙蓉女儿诔》痛悼之。

痴公子杜撰芙蓉诗　绢本设色　43.3cm×76.5cm　清代　孙温　旅顺博物馆

艺术史中，木芙蓉在宋代出现在绘画中。宋高宗赵构曾在《题画册花草四首·其二·修竹芙蓉》中形容：

　　　　寒花婀娜露凝香，风叶摇秋凤尾凉。
　　　　梦入画堂银烛下，翠屏深处隐红妆。

刁光胤、钱舜举等都曾绘制过木芙蓉的形象，元末明初的诗人张昱曾在钱选的画上题诗：

　　　　木末芙蓉最耐寒，等闲不许世人看。
　　　　蛾眉淡扫朝天去，自采花头制道冠。■

芙蓉：水边的优雅

芙蓉锦鸡图　绢本设色　81.5cm×53.6cm　北宋　赵佶　北京故宫博物院

蝴蝶百合（《花鸟图》十二开之一）　绢本设色　37cm×33cm　清代　余穉　故宫博物院

百合
纯贞的白色

> 方兰移取遍中林，余地何妨种玉簪。
> 更乞两丛香百合，老翁七十尚童心。
> ——宋·陆游《窗前作小山蓺兰及玉簪最后得香百合并种之戏作》

南宋诗人陆游七十岁的时候常以养花种草自娱，他从朋友那里借来也两丛香百合的球茎栽种在北窗下，曾经写了好几首诗记述此事。

"百合"这个名字寓意好，如百事合意，百年好合，等等，因为它的球根由二三十瓣重叠累生，犹如百片抱合。百合的茎是从埋在土里的球根鳞茎中伸展出来的，露在地面是亭亭玉立的茎秆、青翠娟秀的叶片，花姿雅致动人，色泽鲜艳润和，加上有这个好名字，难怪以前的人爱在过节的时候送百合花。

百合属的植物有100多种，北半球几乎每一个大陆的温带地区都有本地原产的百合品种，至今在一些山区还有野生的橙红色卷丹和白色的野百合，夏天在一片绿意中寻找到野生百合花要比在花店买来欣赏有意趣。百合另一个名字"山丹"揭示了它的乡野气息：山里的红花而已。

北方山野常见开红色、橙色花朵的山丹（*Lilium pumilum*）、渥丹（*Lilium concolor*），陕北一般称为山丹丹花，当地民歌《山丹丹开花红艳艳》就是以此为主题。

开红花的卷丹又名虎皮百合（*Lilium lancifolium*），在中国古代主要是挖出鳞茎供食用和入药，传入欧洲以后是作为观赏植物栽培的，经过荷兰人杂交改良的新卷丹花色更加艳丽，每枝能开七八朵花，现在很流行。

另一种常见的纯白色麝香百合（*Lilium longiflorum*）原产台湾和琉球群岛，1777年由旅日瑞典植物学家卡尔·佩特·屯贝里（Carl Peter Thunberg）记录，1819年其球茎被带到英格兰，经过改良以后的杂交品种在欧洲很流行。麝香百合在19世纪80年代从英属百慕大传入费城，并大受欢迎，迅速成为复活节的节日主题花，从那以后百慕大就成为美国进口麝香百合的主要输入地，20世纪初才被日本取而代之，曾每年外销三千万个种球至美国，直到1941年因日美战争而中断。此时百合种球的价格奇高，吸引了大量资金投入苗圃培育，到二战结束时从温哥华到加州长滩的整个太平洋西岸约有1200家厂商在种植百合。至今美国奥勒岗州与加利福尼亚州边界的海岸地区还是美国百合的主要生产基地。

中国人栽培百合花的历史可以追溯到东汉，医药名家张仲景在《金匮要略》中记述了它的药用价值，当时的人常吃百合花的球根，里面含有丰富的淀粉，可作为蔬菜食用。到南北朝时期身在都市心怀山林的文人开始欣赏身边的花木、山林之美，百合花叶含着清凉的露珠，微风拂过的时候摇曳如婀娜多姿的清秀少女，梁宣帝萧詧因此写下了中国最早也是最著名的一首咏百合花诗：

> 接叶有多种，开花无异色。
> 含露或低垂，从风时偃抑。
> 甘菊愧仙方，丛兰谢芳馥。

至宋代种植百合花的人更多，这是因为都市的发展和当时商业的繁荣催生了对家庭、庭院装饰的爱好。苏轼曾经写过"堂前种山丹，错落玛瑙盘"来表彰它开花时候的娇艳。

百合缠枝牡丹(《仙萼长春图册》之一) 绢本设色 33cm×27.8cm 清代 郎世宁 台北故宫博物院

百合散发淡淡的清香,茎秆、叶片、花姿的疏离也容易让文人想到女子的模样,日本人在这方面的美学观念和中国人类似,古代也用"行如百合"来赞誉女子走路的婀娜姿态。

明清的画家因为"百合"的名字比较吉利,也创作过有关的作品,如邹一桂就曾描绘过百合。

可是中国人对百合的兴趣不像对牡丹、山茶、梅花那样热情和持续,百合花的品种一直很有限。到近代中国的几种百合传到欧洲以后,园艺家们把它和当地的百合进行杂交选育才创造出很多新的品类,百合花在欧洲是和玫瑰、康乃馨、菊花、唐菖蒲、非洲菊一样流行的大众花卉。

欧洲人对百合的喜爱比中国人要早,在克里特岛发掘出过三千五百多年前国王头戴百合花冠走在百花丛中的图案。米诺斯人崇拜的女神也许就是后来古希腊神话里的赫拉的原型。在古希腊神话中,四处淫乱的神主宙斯和人间美女婚外结缘生了大力神海格立斯。宙斯为了让儿子获得神力长生不死,就带他到妻子赫拉那里,在宴会上灌醉她,让海格立斯就上前吸吮她的乳汁,赫拉惊醒以后流出的乳汁就撒到天空形成了银河系,还有几滴坠落到地上长出一丛百合花。罗马神话则说维纳斯从海里升起的时候带出的泡沫形如百合花。

公元前后犹太人定居的地方,百合花是常见花木,《圣经》记载约三千年前的以色列国王所罗门的寺庙柱顶上就有百合花的装饰,《圣经》里也有"我的佳偶在女子中,好像百合花在荆棘内""你的两乳好像百合花中吃草的一对小鹿"这样形容美丽女子的直白咏叹,还有"你想,百合花怎么长起来?它也不劳苦,也不纺线。然而我告诉你们:就是所罗门最荣华的时候,他所穿戴的,还不如这花一朵呢"这

宝琳·赫博纳肖像　布面油画
189.5cm×130 cm　1829 年
朱力·赫博纳（Julius Hübner）柏林老国家画廊

静物　布面油画
39.1cm×28cm　19 世纪
阿道夫·赛夫（Adolf Senff）

百合：纯贞的白色

圣母子与八天使　木板油画　直径135cm　1478年
波提切利（Sandro Botticelli）　柏林国立美术馆

　　波提切利善于绘制宁静祥和的圣母。画面整个构图体现出自然的对称，中间圣母怀抱圣子基督望着前方，而圣子似乎一边看着前面，一边下意识地想要用自己胖嘟嘟的手指弄开母亲束腰外衣上的皱褶。旁边的天使围绕着圣母，各自拿着一支盛开的百合——在中世纪这象征圣母的贞洁。

样的比较。现在的历史和考古学家多认为这些诗句说的"百合"很可能是指当地的野花，而不是我们现在习见的百合花，但人们愿意把百合的历史追溯到这里，中东产的一种百合后来还被命名为圣母百合（Lilium candidum）。

把百合花和基督教贞洁、美德的象征意义紧紧结合在一起是在中世纪，比如8世纪的僧侣保罗（Paul the Deacon）认为百合象征耶稣基督，花的外表呈白色，象征基督的纯洁无瑕；内部的金黄色则是基督权力的标志，这种芳香、优雅的植物向世人指明通往天国的路径。

8世纪起木匠约瑟之妻、耶稣的母亲玛丽亚在教会神学中的位置开始上升，10世纪以后又成了那株荆棘丛中的百合——贞洁、美德和救赎的象征。对法国、意大利、德意志和西班牙的天主教信徒而言，玛丽亚似乎比耶稣基督要亲切一些，"圣母"到底是母亲，有种女性的慈爱和生活气息。这似乎是对耶稣基督那种严肃的预言家角色的一个平衡。实际上基督教和其他一些小教派还相信百合象征生育和婚姻，所以很久以来希腊人举行婚礼的时候女子要在头上戴百合花花冠，象征贞洁和生育。

在天主教重视的复活节庆典中，人们常常用百合扎成的花环装饰教堂、圣母像乃至用百合、玫瑰插花构造出巨大的"鲜花圣母玛利亚"。复活节本来是为了纪念耶稣的复活，可是在巡游中最受瞩目的往往是圣母玛利亚，人们还会从阳台上给圣母玛利亚塑像撒百合花瓣、玫瑰花瓣。

在百合花的文化象征意义演变中最有趣的故事是法国王室徽章与百合的关系。据考证，12世纪开始有记录的法国王室徽章上的图案可能源自三叶草或香根鸢尾花，但是当基督教兴起圣母玛利亚崇拜以后，自认为在世界上最虔信基督的法国王室和民众认定自己的徽章图形只能是百合图案，路易七世铸造的银币中央是百合花，四周是"基督凯旋，基督统治，基督指挥"这样的颂词。到14世纪初腓力四世时期百合徽章正式成为皇室徽章，而15世纪末法王查理八世还规定只有国王才有资格佩戴三朵型百合徽章，而王室普通成员只能佩戴饰有两朵或一朵百合花图案的徽章。

在这个过程中，王室不断赋予百合徽章以特别的象征含义，先把它和其他贵族徽章区别开来，然后，王室内部也用数量把国王和其他王族成员区别开来，徽章的品级实际上成为权力体系的象征。而这里面还掺杂着神学意义上的演绎。在国王的统治下,百合花已经不是我们所见的花木,而是国王、神学家和当时人不断自我强化的一种意识形态。■

法国国王路易十四肖像 布面油画 313cm×205cm
1702年 亚森特·里格(Hyacinthe Rigaud) 凡尔赛宫

杜鹃　纸本设色　清代　蒋廷锡

杜鹃
美丽的远行

蜀国曾闻子规鸟，宣城还见杜鹃花。
一叫一回肠一断，三春三月忆三巴。

——唐·李白《宣城见杜鹃花》

李白的这首《宣城见杜鹃花》提到了古代的一则传说：古代蜀国国王杜宇在位的时候遇到大洪水，他任命鳖灵为相治水，人民得以安居乐业，望帝自谦德薄，主动禅位给鳖灵，他要离开王都的时候，子规鸟叫个不停，以后蜀人听到这声音就对望帝唏嘘不已。

这是西汉末期四川人扬雄在《蜀王本纪》里记载的故事，后来民间又把杜鹃鸟与杜鹃花联系起来，说杜鹃花是由杜鹃鸟啼出的血染红的，这就是杜鹃花和"子规啼血"这个成语的来历。

细细品味的话，这个传说流露出一种凄凉的意味，后来的史学家猜测这个禅位传说可能是对一次部落联盟权力斗争的减缩版描述，鳖灵代表新崛起的会治理洪水的新部落势力，而杜宇是被迫离开甚至是遭到杀害的前一任部落联盟领袖。

在这个传奇中杜宇化身的杜鹃鸟是受同情的角色，实际上一身鲜绿色羽毛的杜鹃鸟可不是好惹的，它们出名的行为是喜欢"狸猫换太子"：偷偷把蛋产在其他鸟的巢中,让这些"养父母"孵化和养育幼鸟。为了防止"养父母"看出卵的数目有增加,杜鹃鸟还会移走养父母的一两个卵,而刚孵出的杜鹃幼雏也不单纯,甚至会把同巢的其他卵和幼雏推出巢外,自己一个劲叫着要东西吃。

最早见于记载的杜鹃花可能是东汉《神农本草经》里写的下品有毒药物"羊踯躅",这是一种黄色的杜鹃花,因为羊吃了就会死,羊见到这种花就踯躅不进,现代植物学也证实黄杜鹃羊踯躅（*Rhododendron molle*）的叶子和一种白色杜鹃的花的确含有毒物质,吃了会引起呕吐、呼吸困难、四肢麻木等病症。而"杜鹃"这个名字则首先见于南北朝时的《本草经集注》,明显是文人起的更为典雅的名称。

其实许多地方山野能看到的映山红（*Rhododendron simsii*）就是杜鹃花属植物的一种,烂烂漫漫,每朵花都是5瓣花瓣组成的小漏斗形状,在中间的花瓣上还有一些小点。以前农村的孩子喜欢摘映山红长条状的花瓣吃,有一点甜味,类似糖一样,可是不能吃太多,否则会流鼻血。

杜鹃花至迟在唐代就让人带入城市,中唐大历年间的诗人王建也写过长安皇宫里种植有红杜鹃。唐开成四年（839年）的宰相李德裕在自己的山庄里也种有从会稽（今浙江绍兴）移植来的"四时杜鹃"。不过因为杜鹃长得高大,多数人还是在野外欣赏杜鹃的,从山石榴、山丹花、山踯躅、山鹃这些不同时代、不同地区的叫法就可以看得出一二。

现代植物学研究表明,杜鹃花这种起源于距今约6700万年至13700万年中生代白垩纪时期的古老植物,本在北半球寒、温带地区有广泛分布,后因北美洲和欧洲等地在第四纪受到冰川的覆盖而大部分灭绝,在北美洲仅存杜鹃花24种,欧洲9种,澳大利亚仅1种,而中国西南部横断山区和喜马拉雅地区有400多种,占目前发现的原生品种的半数以上。横断山脉巨大的高差同时造就了立体分布的垂直气候带,从山脚到山顶同时汇集了从亚热带到极地的各种气候类型,这样复杂、多样的地理环境为物种的生存、演化和迁移提供了多样化的生境选择,加上地理阻隔也让人们不容易打扰到它们,至今云南、贵州的原始森林里还有野生的高山杜鹃。

中国的杜鹃花是从横断山脉沿着长江向东南传播的,云南、西藏、四川这些地

绣球杜鹃 纸本设色 31.8cm×39.4cm
1882年 任伯年 中国美术馆

方保存的野生树种最多。因为四川很早就和中原有密切的交流,所以"川鹃"出名最早,安徽宣城的杜鹃花曾经让李白回忆起故乡四川的杜鹃花,而浙江一带生长的杜鹃也因为靠近经济中心,很早就得到人工栽培和欣赏。据说唐末五代时候绍兴法华山奉圣寺佛殿前有一株红杜鹃,一丛千朵,灿若堆锦,郡守每年等花开时会带领僚属到树下宴集赏花,郡人也纷纷前来围观,让静修的僧人烦恼不已。这些僧人也算难得,换了别人还巴不得取悦郡守。可惜,这树入宋以后就枯死了。

明清时候中原才对云南的杜鹃花、山茶等植物有所认识,如明代著名的状元才子杨慎被贬官到云南,多次提及那里的杜鹃花,如《滇海曲》中说:

海滨龙市趁春畬,江曲鱼村弄晚霞。
孔雀行穿鹦鹉树,锦莺飞啄杜鹃花。

乾隆时期曾在云贵为官的安徽人檀萃在《滇海虞衡志》中记录自己在滇山闯入大片野杜鹃林,"穿林数十里,花高几盈丈,红云夹舆,疑入紫霄,行弥日方出林",

惊奇的檀萃当时就设想，如果能把这些杜鹃树带到江南培育出售，价格一定可以和黄金白银相比，可见当时人对于花卉商业的敏感，这或许是因为檀萃出生在商业文化发达的安徽。可是他并没有能力和技术手段去实行，后来是欧洲人实现了他的想法，而且走得更远。

欧洲人工栽培杜鹃花的历史比中国晚得多，观赏杜鹃花是荷兰人1680年从爪哇第一次引入欧洲的，当时他们认为这是印度原生的树种。开始引进的花木多数种在贵族们的私家花园里，当时不少贵族以培育珍奇花木为乐趣。到18世纪中期欧洲人才把原产于欧洲阿尔卑斯山的凸脉杜鹃（R.hirsutum）进行人工培植，这是第一种欧洲原生杜鹃树种进入观赏花木世界。以后原产于美国的灰白杜鹃（R.canescens）、裸花杜鹃（R.nudiflorum）和沼生杜鹃（R.viscosum）在1734年被引入英国。两年后美国原产的极大杜鹃（R.maximum）也进入英国。

可以说第一次引种杜鹃花的洪流始于1811年。这一年的初春原产于喜马拉雅地

花园中的杜鹃花　布面油画　103cm×103cm　1926年　卡拉·维特曼（Clara Voortman）

区印度一侧的树形杜鹃（R.Arboreum）在英国绽放出了极为艳丽的花朵，在英国园艺界引起轰动，后来以其为亲本杂交培育出许多新的品种。大约在1808年，中国的一种杜鹃花就曾被引入英国，可能就是映山红的栽培品种。19世纪20年代，中国著名的黄杜鹃花（R.molle）远涉重洋来到英国，其金黄、橘黄或浅黄等多变罕见的黄色系花朵受到不列颠园丁们青睐。

18世纪末19世纪初，英、法、德、俄不少人爱上这种东方来的红色杜鹃花，可是因为罕见，富人买到一棵好点的树大约要花费100法郎，等于普通人家好几个月的收入总和。这也衍生出花木种植市场，在荷兰等地出现了商业性的公司来经营这项生意。由于之前引进的很多杜鹃来自亚热带，无法对抗冬季的寒冷气候，商人就在冬天用原始的温室来促进植物生长，在一个镶嵌有玻璃窗的大屋子里烧明火来保持温度，等春天再把花放到室外自然生长。

19世纪杜鹃花人工育种大爆炸式发展，当时英国、法国的业余"植物猎人"如传教士、商人和外交官都利用来华的机会在广东、澳门、台湾、北京收集植物标本，英国人通过广州的通商口岸进口中国的花木，园艺家罗伯特·福琼（Robert Fortune）在1839—1860年曾四次来华调查及引种花卉果木，在厦门、浙江都发现了丰富的杜鹃花品种，其中从浙江天目山附近送回去的云锦杜鹃（R. fortunei）开的花外侧淡红，内里黄绿，在英国颇受青睐，后来还和其他杜鹃花杂交出好多新的品类。1851年2月他通过海运，运走2000株茶树小苗，1.7万粒茶树发芽种子，同时聘请了6名中国制茶专家到印度的加尔各答茶园工作，对印度及斯里兰卡的茶叶生产有很大促进。

到1860年中国内陆逐渐开放以后，"植物猎人"纷纷深入内陆去探索，1867年法国传教士法盖斯在四川收集到喇叭杜鹃、粉红杜鹃和四川杜鹃的标本，后来英国园艺学家威尔逊（Ernest Herry Wilson）在20世纪初多次到湖北和四川地区考察，10年里为英国引种了1000多种植物，其中杜鹃花有50多种，开创了大量引种之先河。威尔逊的著作《一个植物学家在华西》对各国纷纷派员来华收集和引种园林植物资源起了很大的刺激和推动作用。

值得一说的还有法国传教士让·苏列（Jean André Soulié），他1886年来到中国，在四川打箭炉和靠近西藏的地区一边传教一边收集植物标本，短短 10 年给巴黎博物馆发送了 7000 多份标本，其中包括几种杜鹃品种，1905 年他在四川巴塘藏民、教会和清政府的复杂矛盾冲突中死于藏民枪下，他的助手则被斩首。

尽管有死亡、疾病的危险，探险家们还是接连进入这个知识上的未知之境。英国人约翰·安德森（John Anderson）于 1868 年和 1875 年两次率领探险队从缅甸进入高黎贡山采集鸟类、两栖类和鱼类标本，首次探险就采得 800 种植物，存在印度加尔各答植物园，复份标本则送到英国丘园。后来英国人瓦德（Frank Kingdon Ward）、法国博物学家大卫（Jean Pierre Armand David）、德拉维（Père Jean Marie Delavay）、法尔格斯（Paul Guillaume Farges）、美国人迈尔（Frank Meyer）、洛克（Joseph Rock）都曾前往云南收集杜鹃花回国栽培。此外，德国、意大利、丹麦等欧洲国家也从我国大量引种。

其中最著名的人物是曾去澳大利亚淘金、当过爱丁堡植物园标本室员工的乔治·福雷斯特（George Forrest）。一个利物浦商人经营花木进口生意，雇佣福雷斯特到中国引进杜鹃花。

1904 年 8 月，福雷斯特抵达云南大理，一边学习当地语言文化，一边开始长达 28 年的收集，主要是在云南丽江等地雇人从滇西北、川西和藏东各地采集树种。最终他一共采集到 3 万多份植物标本，其中包括杜鹃花标本 4651 号，依据这批标本所发表的杜鹃花新种达 140 多个，朱红大杜鹃、腋花杜鹃、灰背杜鹃等两百多种杜鹃花都是他引进英国的。1919 年他在云南腾冲高黎贡山西坡找到一棵高 25 米的大树杜鹃（*Rhododendron protistum var.giganteum*），福雷斯特采集了这棵杜鹃花树王的花和果实标本，贪婪之心驱使他雇工人硬将这株树龄达 280 年的大树杜鹃砍倒，截取一段木材标本送回英国，至今仍陈列在大英博物馆内。1981 年，植物学家冯国楣曾在高黎贡山发现一棵树龄达 500 多年的"大树杜鹃"，树高 25 米，基围 3.07 米，冠幅 60 平方米，比福雷斯特在高黎贡山砍的那棵还要大。

福雷斯特那时进行植物采集的工作充满风险，要在荒野、丛林里冒着被各种野兽、昆虫袭击的危险去寻找植物。在 1905 年藏区的动乱中他差点丧命，在傈僳族

杜鹃花　纸上水彩　45cm×62cm　1906 年　卡尔·拉森（Carl Larsson）

人的帮助下才得以逃生。在丽江他还遇见过天花疫情暴发，他自掏腰包为当地上千个老百姓接种疫苗。1932 年，他由于劳累过度死在德钦城外的路上。在他病死以后，一些当地百姓还通过英国驻腾冲等地的领事馆继续为他服务的公司、机构收集杜鹃等花卉苗木。

福雷斯特引种的大树杜鹃还健壮地生长在欧洲许多植物园内，其中爱丁堡植物园是世界上收种杜鹃花最多的植物园，栽培有 500 种杜鹃花，其中半数来自中国。在欧洲各种杂交的杜鹃花和报春、玉兰都是广受欢迎的春景花木，各地公园、园林的种植要比中国广泛得多，我还在罗马的一家私人庭院见过长有红、黄、白多种色彩的杜鹃花。

在福雷斯特、洛克曾经待过的丽江玉水寨，2001 年昆明植物研究所和爱丁堡皇家植物园合作创建了世界上最大的高山植物园,福雷斯特引种的一些云南杜鹃被引回云南的故土上培育。

在艺术史上,中国明代画家就曾描绘杜鹃花,如浙江文人程本立本来是位于开封的明太祖第五子周王朱橚的王府长史,但是洪武二十二年(1389年)周王未经允许就从开封前往老家凤阳,被明太祖下令迁往云南。程本立也因此被贬为云南马龙他郎甸长官司吏目,他在云贵交界处的乌撒卫看到一张描绘杜鹃花的作品,就在上面题诗:

啼血口流丹,月明花影寒。

杜鹃花　纸板油彩　27.3cm×22.8cm
20世纪初　杰西卡·哈勒(Jessica Hayllar)

不堪愁里听，只好画中看。

在远离家乡的边荒陌生地方，他大概也感到孤单忧郁，有点怕听见杜鹃鸟的啼叫，只是默默欣赏杜鹃花的图画，在美景中寻找一些安慰。■

山茶双鸟(《仙萼长春图册》十六开册页之一) 绢本设色 33.3cm×27.8cm
清代 郎世宁 台北故宫博物院

山茶
苏东坡之赏

严恨柴门一树花,便随香远逐香车。
花如解语还应道,欺我郎君不在家。
——唐·卢肇《新植红茶花偶出被人移去以诗索之》

中晚唐时红色的山茶是人们珍视的花木,在安徽、江西为官的文人卢肇在自家庭院里新种下一株红山茶,他外出的时候有一位朋友偷偷把这株花移走了,他回来后特别写了这首诗责备友人,要索回自己的茶花。可见,那时候红山茶还是一种少见的珍惜花木,所以这位朋友才这样"轻举妄动"。

山茶花原产于西南山区很多地方,贵州、广西、四川、广东、浙江和云南都有分布,包括云贵川出的滇山茶,福建、江西和广东出的华南山茶和山东半岛、江浙沿海出的华东山茶、茶梅几个大系列。其实作饮料饮用的茶,也出自一种山茶科山茶属的植物,只是它开白色的小花,人们注重的是采集叶子喝茶,也就没有人栽培用来观赏了。

山茶在西南云贵地区隆冬就可以绽放,却无法适应中原较为寒冷的气候,所以在古代并没有得到多大传扬,只有唐武宗时的宰相李德裕记载过他曾经把广东番禺的"山茶"及浙江会稽的"贞桐山茗"移植至洛阳郊外的别墅平泉庄,可那不是一般人能办到的，那株来自番禺的山茶估计也扛不住洛阳的冬天。

唐代人了解的主要是四川的山茶和浙江沿海的野生山茶。日本的山茶大概是"遣唐使"从浙江温州带回去栽培的，因为8世纪的日本诗歌集《万叶集》上才第一次出现有关茶花的记载。

四川的山茶在唐末五代最为著名，著名诗僧贯休在四川时曾写下"风裁日染开仙囿，百花色死猩血谬"的诗句称赞当地的红山茶花。唐末在四川躲避黄巢之乱的画家滕昌佑画过《山茶家鹩图》，之后西蜀画家黄筌（约903—965年）在成都给王公贵族画过《山茶鹩雀图》《山茶雪雀图》《彩鸠山茶图》等作品，另一位画家刁光胤也曾绘制《雪里山茶图》，说明这时候山茶在四川应该是极受重视的观赏花木。

另一位四川著名画家赵昌也曾描绘山茶，苏东坡曾在王进叔所藏的赵昌所画的山茶花题跋：

游蜂掠尽粉丝黄，落蕊犹收蜜露香。
待得春风几枝在，年来杀荻有飞霜。

说起来苏东坡很喜欢观赏山茶花，元丰七年（1084年）他从待了五年的湖北黄州（今黄冈）北上，坐船前往常州途中路经扬州的邵伯镇，听说那里梵行寺的山茶花非常漂亮，就放舟停棹，在秦观、孙觉等文人雅士陪同下参观梵行寺，之后还觉得意犹未尽，在一个雨天独自前去欣赏山茶花，之后还赋诗一首：

山茶相对阿谁栽，细雨无人我独来。
说似与君君不会，烂红如火雪中开。

元祐四年（1089年）苏东坡担任杭州知州，也曾经在一位医生王复的庭院中欣赏那里的山茶等花木，他还将园中的小亭子题名为"种德亭"，称赞他以医药救治民众的功德以及园中"山茶想出屋，湖橘应过墙"的景色。可见北宋时江南地区也已经有不少人在园林中栽种山茶花了。

到了南宋,冬春开放的茶花已经成了江南园林中常见的花木,吴自牧《梦粱录》记载首都临安(今杭州)有卖花郎沿街市叫卖茶花,还有园艺能手嫁接出一株上开十种颜色花朵的山茶。最初野生茶花多数都是开小花的,后来人们越来越重视那些重瓣、半重瓣、花色特殊、花朵较大的品种,相应栽培选育出来的品种也都强化这些适宜观赏的性状。

红山茶(*Camellia japonica*)还在宋代和佛教拉上了关系,别名又叫"曼陀罗树"。实际上佛经中说的曼陀罗花应该是印度原产的白色曼陀罗花或者白莲花,和山茶是不相干的。在佛经中,曼陀罗花是种让人看了觉得"悦意"的祥瑞之花,大概宋代

山茶霁雪图　绢本设色　24.8cm×24.8cm　南宋　林椿　台北故宫博物院

的文人觉得红山茶也让他们感到喜悦，就说它是佛经中的那种奇花吧。

云南本地人赏山茶的历史无疑是悠久的，唐末光化二年（899年），云南的南诏国宫廷画师在《南诏画卷》里描绘庭院中有两株高过凉廊屋顶的山茶树，开着大如杯盏的娇艳红花。这是中国绘画中最早出现的山茶形象。但是到明代，汉族移民大量进入云南，内地人才知道"滇中茶花甲于天下"。这是和江南的茶花比较的结果，云南很多茶花都比华东的花大、色艳，植株长得更高，旅行家徐霞客在《滇中花木记》中也称赞"滇中花木皆奇，而山茶、山鹃为最，山茶花大逾碗，攒合成球"。

明代的才子杨慎在云南的石云寺、昆明城外等处都曾观赏茶花，写有《渔家傲·滇南月节》：

正月滇南春色早。
山茶树树齐开了。艳李夭桃都压倒。
妆点好。园林处处红云岛。
彩架秋千骑巷笊。
冰丝宝料星毬小。误马随车天欲晓。
灯月皎。碧鸡三唱星回卯。

明代杭州画家沈仕喜欢到处旅游，他曾描绘过当时江南人士很少见到的云南山茶，徐渭曾在这张画上题诗：

武林画史沈青门，把兔申藤善写生。
何事胭脂鲜若此，一天露水带昆明。

在茶花的品类里，最让文人感到兴奋的无疑是兼具茶花和梅花两种风格的茶梅，这种花木因叶似茶、花如梅而得名。宋代的人首先提到这种花，比如南宋陈景沂《全芳备祖集》记载陶弼《山茶花》诗："浅为玉茗深都胜，大曰山茶小海红，名誉漫多朋援少，年年身在雪霜中。""海红"即指茶梅，它的花要比常见的山茶花小，但也比梅花大很多，白色或浅粉红色的最多，有的还带有香味，在秋末冬初开花的时候尤其引人注目。它的花要比梅花姿态丰盈，枝叶也横向展开，疏朗雅致，作为篱垣最好不过。

正如李渔说的，茶花是"花之最能持久，愈开愈盛者"，在江南每年 10 月到次年 5 月间可以一直欣赏，所以宋代以后江南的寺庙园林中多有种植。苏州沧浪亭假山西北处的冬红山茶高达 20 米，也在冬季发出一树的红花，至于拙政园十八曼陀罗花馆的名种"十八学士"山茶更曾轰动一时。山东崂山太清宫里有株传说是武当派鼻祖张三丰手植的茶花，以在冬天开花著称——在北方来说严冬开花的确是很难的，后来蒲松龄在《聊斋志异》还以它为蓝本写出了山茶花仙"绛雪"的情爱故事。

山茶科山茶属下有好几千个用于观赏的茶花品种，绝大多数是美国、新西兰、日本等国的园艺家新培育的品种，但是它们的祖宗都可以追溯到中国西南的原生种。

燕子与茶花　浮世绘木板彩印　23.5cm×21cm
1900 年　伊藤若冲　纽约大都会博物馆

山茶花开（屏风）　纸本设色、金箔　1929年　速水御舟　火奴鲁鲁美术馆

20世纪人们还在西南发现过新的野生茶花品种，比如60年代胡先骕教授等在广西陆续发现二十多种金黄色的金花茶，让南宁金花茶公园成为重要的茶花繁育基地。

明朝的时候日本继续从中国引进很多茶花品种，16世纪后期的日本统治者丰臣秀吉嗜爱茶花，从中国、高丽引进了大量重瓣、有斑纹状花纹的茶花种在京都的西生寺，这里也就成为贵族追捧的看花胜地。之后的统治者德川秀忠（1579—1626）也有类似的爱好，他收集的茶花品种近100种，栽植在江户城的花园。那时候茶花在日本最为流行。

德国医生、博物学家恩格柏特·坎普法（Engelbert Kaempfer）曾于1890—1892年受雇担任荷兰东印度公司驻扎日本的商馆医生，详细观察并记录了日本的历史、社会、政治、宗教、动植物等情况。他在1712年出版的著作中首次用图文形式把山茶花介绍给欧洲，他称之为"日本玫瑰"。英国埃塞克斯郡的詹姆斯·罗伯特（Robert James）在1739年第一次把从日本来的活山茶树种到了自己家的花园。1797年，山茶花又从英国传入北美的新泽西。

欧洲博物馆和殖民主义历史是关联在一起的，传教士、船长们也是那个时候的科学探险家，他们在这些地方收集各种植物、动物的标本运送到伦敦、巴黎的博物馆、植物园和私家园林中，进行研究或者观赏。比如1820年间的英国东印度公司总监里夫斯（Rawes）就从中国引进广东、云南的山茶花，并送给他姐姐在家里栽培，这才让欧洲人知道著名的云南茶花。1837年英国园艺学会派遣来的园艺家罗伯特·福琼（Robert Fortune）更是从中国引种过黄色茶花、云南山茶等十几种，他当年播种的怒江山茶树仍然在鲍特丘陵花园活着。之后不断有英国人、法国人把中国出产的各种山茶花品种带到欧洲。19世纪后期在英法山茶花极为流行，在与云南气候相近的法国不列塔尼半岛（Brittany）、凡第区（Vendée），山茶种植发展成为产业，据说光是在1888年1月1日那天，巴黎的中央市场（Les Halles）就卖出了12万朵产自南特市的山茶花。

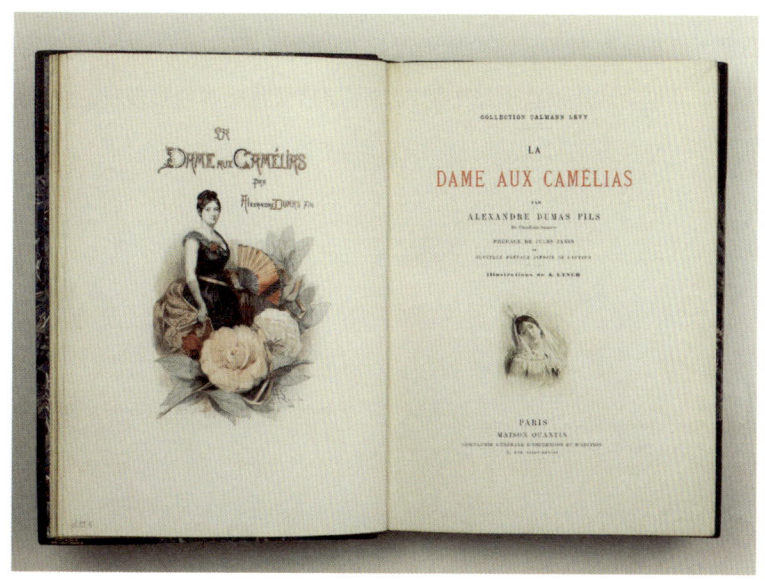

1890年大仲马的小说《茶花女》首版扉页插图　林奇（A.Lynch）

19世纪40年代山茶花就开始流行于欧洲，巴黎的仕女们总爱将美丽的山茶花点缀在紧身礼服的衣领上，法国小说家小仲马于1848年写下传世名著《茶花女》，那种诉诸怜爱、注定要失去却又迷人的感情引起年轻读者的热烈反响。大仲马、小仲马父子以写作浪漫派通俗小说著名，他们的作品中常提到当时流行的花木。《茶花女》中女主人公玛格丽特所佩戴的白茶花"千叶白"（现称"雪塔"）据说就是原产于中国，由一位英国东印度公司的船长在1792年带到英国并传入法国的。

茶花女的原型杜普莱西（Marie Duplessis）是19世纪中期巴黎有名的妓女。从伯爵、外交官到欧仁·苏、法朗茨·李斯特、小仲马等著名的浪漫主义作家、艺术家都和她有交往，当时巴黎的时髦人士钟爱纤小而苗条的她，而且她有一种乡野的自然风趣，茶花的白色似乎是她那因为肺结核病而显得苍白的脸色的表征，这更突出了她脸上不时出现的"玫瑰色"红晕和"细巧而挺秀"的鼻子，这给作家一种暧昧的联想。其实《红楼梦》里常生病的芙蓉仙子林黛玉也有类似的病态美，尽管就身份上来说她们完全不同。

茶花和梅花一样，是还没有完全被人类驯化并轻易用花盆种植的花木，这似乎是它们的魅力所在。尤其是云南大理附近的老山茶树，在山边、古庙里的宝珠山茶开出成百上千的花朵，让来这里越冬的人们可以感受到鲜明色彩带来的愉悦。■

山茶：苏东坡之赏

《茶花女》插图　平板彩印　207.5cm×76.2cm
1896年　穆夏（Alfons Mucha）

紫藤　纸本设色　1895年　吴昌硕

紫藤
白居易之咏

> 紫藤拂花树，黄鸟度青枝。
> 思君一叹息，苦泪应言垂。
>
> ——南北朝·虞炎《玉阶怨》

紫藤的花色极为鲜明，藤枝又可攀缘遮阴，所以在园林中极为受欢迎，南朝高官虞炎这首《玉阶怨》写一位贵妇在庭院中思念丈夫的场景，可见当时权贵已经讲究在园林中种紫藤了。

唐代时紫藤成了园林中的常见花木，喜欢游山玩水、赏花观石的白居易经常在诗歌中提及庭院中的紫藤，比如他曾经春天到长安的慈恩寺欣赏紫藤等花木，还有一次姓周的同僚听说陈家庭院的紫藤花开放了，邀请白居易一起去观赏，白居易就在紫藤花下写了这首《陈家紫藤花下赠周判官》表达谢意，他注意到紫藤花好像突然就全部开放，一片繁花似锦让人眼目大亮：

> 藤花无次第，万朵一时开。
> 不是周从事，何人唤我来。

盛开的紫藤　布面油画　21.5cm×16cm　1898 年
约瑟夫·克拉奇科夫斯基（Iosif Krachkovsky）

白居易还曾在一诗《湖上闲望》中描绘自己在湖边紫藤下的闲适生活，一边随意观赏风景，一边闭目吟咏诗歌：

> 藤花浪拂紫茸条，菰叶风翻绿剪刀。
> 闲弄水芳生楚思，时时合眼咏离骚。

紫藤花是成群成串的，珠帘一样垂缀在一块，但是近前仔细看的话，每一朵都像正在收腰的蝴蝶，而且单个的花朵可以看出更多的层次来，最里面则是几点黄色的花蕊。古人不仅欣赏它的美丽，还发现它可以食用。河南、山东、河北一带的人常采紫藤花蒸食，老北京人还吃一种"紫萝饼"，是用紫藤花、面粉、糖油料制成的月饼形状的糕点，至于用紫藤花做的"凉拌葛花""炒葛花菜"现在还是一些地方的农家菜。

紫藤属植物的原产地是东亚和北美洲，有十多个不同的品种，如美国东南部就原生一种美国紫藤（*Wisteria frutescens*）。中国是最早将紫藤养在花园里欣赏的，中国原产的紫藤（*Wisteria sinensis*）在1816年传到欧洲和北美，很快和日本原产的多花紫藤（*Wisteria floribunda*）——花筒比中国紫藤要长很多，而且它攀缘花架是向左旋转而上，而中国紫藤向右旋——一同成为园林中受欢迎的品种。多花紫藤自1830年被引入北美，也广泛用作为门廊、露台、墙和花园的装饰观赏植物。不过这两种紫藤生命里极强，常会形成侵略性的茂密藤蔓让别的植物无法生长。

美国加州的马德雷市（Sierra Madre）有一架世界最大的紫藤，1894年种下的树现在枝丫蔓延长达152米，可以覆盖半公顷地，每年开花150万朵。这株紫藤就是中国紫藤的一个变种，从1918年起每年3月中旬的紫藤节成为当地的旅游盛事，最多的时候有10多万人前往参观。

在日本，紫藤也是重要的观赏植物，每年樱花季过后，4月中旬至5月中旬紫藤开花时捧场者也甚多。还有一出描述日本平安时代的悲伤爱情故事的歌舞伎名作

藤娘　浮世绘　1802年　喜多川歌麿

《藤娘》已经上演了近两百年，讲述王侯贵族之家的女子藤娘爱上了市井小贩太郎，暴怒的父亲将藤娘深锁宫中，藤娘夜夜哭泣，月神感动之下拨下头簪化作一束开花的紫藤，藤娘顺那紫藤爬出深宫，却见拿了父亲好处的太郎正忙于和别的女子结婚，身心受挫的藤娘郁郁而终，死后化作一束藤花。

紫藤也不仅仅是紫色，还有一种开乳白色花的叫银藤。在四五月暮春的时候，南方很多公园能见到紫藤像瀑布一样从架子上垂下来的景观，翠绿的枝叶遮住发烫的阳光，自然吸引了不少人去乘凉。有时夏末秋初紫藤还会再开一次花，可是就没有暮春时候茂盛了。等秋天来临，紫藤花谢了，人们就不再注意类似扁豆一样挂下来的紫藤荚果——扁圆的条形种子长满白色绒毛，在八九月的时候可以拾到许多。这时候绿叶渐渐落了，紫藤进入生命的休眠期，可那古色苍然的虬枝仍然是冬季可装点园林的美景。

在苏州等地的明清园林中，紫藤是常见的点景花木。苏州留园有一条著名的紫藤长廊，是连接园中小岛"小蓬莱"和曲溪楼的石桥上架的花棚，注意看的话你会发现它的藤蔓是向右攀依花架，春天的时候紫色的流苏蔓延而下，在浓荫下乘凉赏花，令人心旷神怡。

苏州忠王府里还有一株传说文徵明手植的紫藤。忠王府原来是拙政园的一部分，后来因为太平天国时期曾做过忠王李秀成的府邸才有现在的名字。几经兵火，眼前的这株紫藤是清人补种的，灰褐色的枝干相互缠绕着纠结在一起，嶙峋的样子就如同水墨画里的老松，显出苍劲的树皮，而同时又有千百枝条卷曲垂下，奓拉在花架上，地上的石碑说这是"文衡山先生手植藤"，附近南墙嵌的砖额上写着"蒙耳一架自成林"七个篆字，说这一株老藤就是一片树林，真的不算太夸张。祖籍苏州的建筑大师贝聿铭设计忠王府旁的苏州博物馆时还特地从这株年代久远的紫藤上取枝移植到馆内种植，要把苏州的这一脉绿意也带到现代建筑中来。

紫藤也是明清花鸟画家喜欢的题材之一，徐渭、金农等都曾画过，而晚清画家吴昌硕可以说是最爱花的紫藤的人。他号称"食金石力，养草木心"，就是从篆书、草书等书法中体悟构图的贯通掩映之法和用笔的纵横转折，在日常赏花种草过程中观察体会万物生长的天趣,从而画出与众不同的作品,他画紫藤有种常见构图,一种是树干从底部长出,铺陈而上,中上部分满纸是盘曲交织的枝条和晕染的点点藤花,突出下疏上密,枝粗花小、枝老花嫩的对比;另一种是枝条从中上部凭空深处,垂挂着串串藤花。

虽然齐白石自称家乡的山野藤萝满山,但那似乎是普通的藤蔓植物,并非紫藤。他是1921年后才开始经常画紫藤的。当时他的朋友夏午诒担任驻扎在保定的直隶督军曹锟的机要秘书,引介齐白石到曹锟居住的光园宾馆居住了几天,给曹锟、门客、下属等军政要人绘制了一系列作品,赚了一些钱。夏午诒曾带着他到清代莲池书院旧址游览,齐白石看到那里的"朱藤"(紫藤)开得十分茂盛,就对花创作了一张作品,此后齐白石就开始经常画紫藤了。

20世纪20年代初齐白石的画风近乎徐渭、八大山人那种清淡简约的风格,似乎不受市场欢迎,大约1924年后尝试改变,比如画紫藤就受吴昌硕的影响,用色变得更加妍丽,画面更加饱满,线条更加刚劲,也常画下疏上密构图的紫藤全景画,但在他的笔下紫藤的枝条没有吴昌硕那样刚劲粗大,更细更柔和一些。

齐白石是个敏于观察的人,1927年他去天安门一侧的中山公园游玩,正逢紫藤花盛开,他发现北京的紫藤"先花后叶",藤花开时叶子尚未长出,而南方的紫藤是花与叶同时生发的。1940年后齐白石形成了自己明显的风格,常常描绘藤花从上部凭空垂下,用洋红调花青颜料晕染藤花,色彩更加鲜明温润。或许为了避嫌,他后期曾经否认自己受到吴昌硕的影响,而是把自己的风格追溯到更早的徐渭等人身上,他曾在一幅紫藤画上自题:"画藤不似木本,惟青藤老人得之,余三过都门,喜画藤,未知观者何论。"还曾在自己画的另一张紫藤画上设问:

青藤灵舞好思想,百索莫解头绪爽。
白石此法从何来?飞蛇乱惊离草莽。 ■

紫藤：白居易之咏

莲池书院　纸本设色　65cm×48cm　1933年　齐白石

写生紫薇　绢本设色　25.3cm×23.8cm　南宋　卫昇　台北故宫博物院

紫薇
东来的官气

> 丝纶阁下文书静,钟鼓楼中刻漏长。
> 独坐黄昏谁是伴?紫薇花对紫薇郎。
>
> ——唐·白居易《紫薇花》

大诗人白居易当时正担任朝廷决策机构中书省的中书郎一职,办公室设在皇宫内,等待召见的时候只有漏斗滴水计时在一点点滴答,实在有点枯燥,他只好默默看着庭院中的紫薇花出神。

这首《紫薇花》诗中"紫薇花对紫薇郎"有个典故。中国古代星象学将星空划分为三垣二十八宿,三垣为紫微垣、太微垣、天市垣,紫微垣是三垣的中垣,位于北天中央,又称中宫或紫微宫,以北极星为中枢。汉代开始有人为了神化皇帝的地位,用紫微星垣对应人间帝王的居处,所以皇宫也就成了紫垣、紫禁城。

唐玄宗在即位的第二年下令把中书省改为紫微省,行政长官中书令改称紫微令,中书侍郎改称紫微侍郎。因紫薇花与紫微省同音,加上花期经久,花姿娇媚,因此被大量移植省中。过了五年,虽然紫微省的名称改回中书省,可紫薇花在文人的心中却有了"官样花"的绰号,也有了许多历史掌故。如唐代诗人杜牧也曾当过中书舍人,人称"杜紫薇"。

紫薇花（*Lagerstroemia indica L.*）有满堂红的别名，在庭院里可以长到五六米高，仲夏花朵盛开的时候像一个直径 20 厘米的紫色大轮盘，成百上千细碎的花朵簇列成圆锥形的花盘点缀在枝丫顶上，缤纷如霞，满堂生气。靠近细看，一串串花穗轻盈柔婉，花朵基部是 6 片翠绿色的花萼，外围有 6 枚近圆形紫色花瓣，花瓣边缘如皱纸有不规则的缺刻，中央鹅黄的丝丝花蕊随风摆动。

紫薇花好动，因为它的主干纤细，枝条柔软，一阵微风就会让它抖动起来，当有人轻碰树干时上部枝条也会轻微颤动，甚至发出响动声，就像人被搔痒的样子，它的别名"怕痒树"说的就是这一点。

将紫薇种植在院落，始于我国的南北朝，东晋王嘉的《拾遗记》里就写到紫薇花开使人联想到"紫气东来"，是宝光祥瑞的征兆，因此宫廷权贵喜欢在庭院种植紫薇。在唐代它是宫廷和民间都重视的花木，开元以后官邸、寺院、庭院中广泛栽培，白居易因为当过中书舍人，对紫薇花念念不忘，曾经多次在诗中提到它，他在一首《紫薇花》中提到自己曾在中书省、浔阳官舍、兴善寺、苏州等地都看到紫薇花：

紫薇花对紫微翁，名目虽同貌不同。
独占芳菲当夏景，不将颜色托春风。
浔阳官舍双高树，兴善僧庭一大丛。
何似苏州安置处，花堂栏下月明中。

相传昆明黑龙潭、金殿的古紫薇为明万历年间所种植，成都百花潭花园也保存有明代古桩盆景遗物，苏州怡园的紫薇已有六百年的历史，都堪称稀世珍品。

紫薇花在宋代就成了绘画的题材，元代程文海曾经把《缉熙殿御题紫薇花扇面》赠送在中书省当官的朋友作为生日礼物，并写诗祝贺：

江南十里花茫茫，紫薇尽对中书郎。
人工会得无穷意，一枝宛转留芬芳。

紫薇：东来的官气

桂花紫薇　绢本设色　清代　恽寿平　台北故宫博物院

> 缉熙殿里日月长，对画落笔蛟龙翔。
> 花前未觉风流远，扇底犹含雨露香。
> 乌府先生黄阁老，高敞新斋坐霜昊。
> 聊题此画托千年，从今永伴中书考。

乾隆皇帝也曾在金廷标画的《写意秋英十八种》上题诗，特别提到了白居易（号香山居士）对于紫薇花的推崇：

> 寓意得宜是画家，向阳为伴亚瓶斜。
> 千秋对者谁称合，独许香山不负花。

紫薇在 7 月至 10 月花开不断，又叫"百日红"，故意和"花无百日红，人无百年好"这句俗话作对似的。在古代北方地区，夏末正是缺乏鲜艳花卉的季节，所以紫薇开花就显得珍罕，可以"独占芳菲当夏景，不将颜色托春风"。北方人还称之为"无皮树""猴刺脱"，因为年轻的时候年年生出表皮，又年年秋冬自行脱落，表皮脱落以后剩下莹滑光洁的树干，老年的紫薇树干脆就不再有表皮了，筋脉挺露，光滑无皮，简直连猴子都难爬上去。

紫薇同属的植物原产南亚、东北亚和大洋洲北部，共有五十余种，中国发现有十六种，也是最早人工栽培紫薇的。除了紫色外，还有开白花的银薇、火红色的红薇、紫中带蓝的翠薇以及同一株上有两种花色的品种。野生种狭瓣紫薇（*L. stenopetala Chun*）和有一种叫"白蜜香"的栽培银薇还能散发出香味。

中国紫薇 18 世纪以后才被引入欧洲、美洲，因花瓣呈卷皱波浪状，质地形似有褶纹的绉纱，英文名为"绉纱桃金娘"（Crape Myrtle），而欧洲人最初在印度注意到紫薇花可以用来观赏，所以法文称之"印度丁香"（Lilas des Indes）。现在欧洲人选育出许多新品种，地中海边的法国南部、西班牙、意大利人爱种这种颜色娇艳的花木。国内好多园林不仅种紫薇，还引进了原产南亚的大花紫薇（*Lagerstroemia speciosa*），树比紫薇高，开的紫红色花也更大。

其实紫薇树的观赏性不仅在于花，春季时新叶带红，开花前，一粒粒豆子大小的嫩红花苞从青色的枝丫上冒出来，秋季落叶前叶色转黄，给人萧瑟如枫的感觉，到冬季落叶后细腻光滑的树干也别有特点。■

南欧紫荆 手绘图谱 1892年 威廉·罗宾逊(William Robinson)

紫荆
杂交和杂念

> 绿黄带长路，丹椒重紫荆。
> 流吹出郊外，共欢弄春英。
> ——魏晋·无名氏《子夜四时歌·春歌二十首·其二》

魏晋南北朝时的《子夜四时歌·春歌二十首》提到的紫荆应该是中国北方常见的豆科植物紫荆（*Cercis chinensis*），它在亚洲、欧洲和美洲都有分布，各地栽培出不同的品种。这种花小而密，先开花后长叶，看起来格外繁盛。

在西亚和南欧常能见到南欧紫荆花（*Cercis siliquastrum*）盛开的样子，花朵、叶子极像中国的野生紫荆，枝杈横生处开出一团团的小花，当地人以前也用花做凉拌菜，树皮做染料，树枝做拐杖。它有个意味着背叛的名字"犹大树"（Judas tree）。传说犹大出卖耶稣以后良心无法自安，就是在这种树上自杀的，也有人猜测原来只是指"朱迪亚地区的树"，几个世纪前刚来伊斯坦布尔的欧洲人误会了才称作"犹大树"。

晋代文人陆机写过"三荆欢同株，四鸟悲异林"的诗，后来逐渐演化出兄弟分而复合的故事。也许是因为它从柄上伸出来的叶子在基部分开，伸展后又汇成同心圆形，这种奇特的叶形就像情谊难舍的兄弟一样。此后紫荆常用来比拟亲情，象征兄弟和睦、家业兴旺。

南朝吴钧的《续齐谐记》就说，南朝时京兆有田真三兄弟决定分家，所有财产一分为三，就差庭前一株紫荆树没处理，他们商量将这株紫荆花树截为三段，每人分一段，结果第二天去院子砍树的时候发现一夜间树就枝枯叶落，田真不禁感叹"人不如木也"，三兄弟决定继续合家相处，紫荆树随之又恢复了生机，长得花繁叶茂。也许紫荆花一簇簇的花朵紧紧相拥给人兄弟情的感觉吧，在古代大家族和睦相处是非常受重视的，因此有许多类似的故事、道德训诫一再重复，历代的诗人也不断写到这一点。

明代画家庞尚鹏曾在一幅《天伦乐事图》题诗：

> 古木成阴水绕村，紫荆花下长兰孙。
> 天清却抱风云气，春早先沾雨露恩。
> 捧钓临流观海市，得鱼呼酒醉牺尊。
> 君家胜事人间少，千载贤声重里门。

晋朝的嵇含在《南方草木状》中提到广东有另外一种"紫荆"，应该指现在人们说的苏木科羊蹄甲属的几种植物，如红花羊蹄甲（*Bauhinia purpurea*）、宫粉羊蹄甲（*Bauhinia variegata*）等。这是热带地区广泛分布的植物，"羊蹄甲"这个俗名是因为它们的树叶顶端裂为两半，有点像羊的蹄印，古人一般还是称之为紫荆。可是两种树除了叶子形状都类似同心圆，其他方面差别很大：紫荆花小而密，初春开花，先开花后长叶，多分布在北方和西南，而羊蹄甲四季常绿，深秋开花的时候叶子还在，淡红色的花大而艳，有清香，多分布在南方，特别是岭南。野生的羊蹄甲树能长到十几米高，开花的时候想必艳得吓人，不过现在公园里能见到的多数是个子矮的灌木品种。

暮春时节，广州的一条小街上常有各种羊蹄甲开满密密的花，就像一群蝴蝶落在发出清香的枝头。说起来开的都是小花，可我总觉得羊蹄甲的花要好看些，因为多少有点绿叶的映衬,真是花团锦簇,一树一景也可以欣赏,可紫荆花真像它的别名"满条红",还没长叶子就开出满树的花,如果没其它树木衬托的话就显得鲜花太过密集,像是小螃蟹突然爬满树。

香港特区的区花"洋紫荆"(*Bauhinia blakeana*)也是羊蹄甲属的植物,据说这种洋紫荆是一位法国传教士 1880 年左右在香港岛薄扶林的钢线湾发现的,1908 年担任植物及林务部总监的植物学家邓恩(S.T. Dunn)判定洋紫荆为新树种,并以热爱研究植物的第 12 任香港总督卜力(Sir Henry Arthur Blake)的名字作为拉丁学名,1965 年正式定为香港市花,1997 年以后香港特区继续采用洋紫荆花的元素作为区徽、区旗的设计图案。

洋紫荆能长到好几米高,10 月以后能开花四五个月,是鲜艳的紫红色大花,中

黄头地鸲、飞蛾和羊蹄甲属花卉　纸上水彩和油墨　59.7cm×80cm
1778 年　谢赫·扎尔丁(Shaikh Zainal-Din)　纽约大都会博物馆

央还摇曳着柔润的黄色花蕊。没几个香港人在乎那个繁杂的总督学名,还是继续按中国人的习惯叫"洋紫荆"、羊蹄甲,又因为它的黄花与兰花有点像,民间也称之为"兰花树"。因为洋紫荆容易扎根生长,西方人最初把它喻为"穷人的兰花"。

2004年香港大学的三位植物学家研究证明洋紫荆并非一个独立品种,而只是华南常见的红花羊蹄甲和宫粉羊蹄甲两种树木天然杂交出来的混种树,开出的花朵没有生殖能力,无法产生能发芽的种子,所以只能采用无性繁殖的方法——枝插、压条和嫁接——来繁衍后代。也就是说,现在香港所有的洋紫荆可能都是1880年发现的那棵树复制的产物,而没有新的基因加入进来,这也就解释了它为何对病菌的抵抗力较弱。

开花的紫荆树　布面油画　40cm×56cm　1919年
莫德·艾格迈耶(Maude Kaufman Eggemeyer)　里奇蒙德美术馆

紫荆：杂交和杂念

宫粉羊蹄甲　手绘图谱　1885 年　玛蒂尔达·史密斯（Matilda Smith）

恰巧，洋紫荆花的故事和香港的历史在某种意义上相似。香港这个小渔村也是首先被欧洲殖民者看上，带来先进的现代管制手段和贸易理念才发展起来，加上华人的努力创造，由此形成的是不同于内地的杂交文化，乐观的人看到的是这种文化的灵活，悲观的人却觉得它没有强大的基础和动力，就像洋紫荆一样没有通过花粉繁殖的能力。当然，这种联想仅仅是一种文学性的比喻，实际上一个城市、社会的运行远比一种植物的繁殖复杂，具有更多的可能性。植物的演化强烈依赖于地理环境和基因设定，而人类社会则增加了社会组织和知识建构的纬度。■

麻雀和木槿　浮世绘　1840年　松村景文

朱槿
岭南的红颜

> 墓前荧荧者，木槿耀朱华。
> 荣好未终朝，连飙陨其葩。
> 岂若西山草，琅玕与丹禾。
> 垂影临增城，余光照九阿。
> 宁微少年子，日久难咨嗟。
>
> ——魏晋·阮籍《咏怀·其八十二》

魏晋诗人阮籍的《咏怀》诗中写的木槿是以中文命名的植物，是中原地区常见的花木。这种木槿（*Hibiscus syriacus*）的花色有白、粉、紫红等几种，阮籍所见的应该就是开紫红花朵的木槿。魏晋时代或许个别权贵、士人流行在坟墓边栽这种树，可惜它的花朵容易很快就零落飘散了，让阮籍感叹不已，想到了人世间的荣华富贵也无法长久。

《诗经·郑风》中用"颜如舜华"称赞同车少女容颜的娇美，所谓"舜华"可能是指木槿，因为它朝开暮谢，来去匆匆，故名"舜花"。《礼记》《尔雅》上也有木槿的名字。到了唐代，长安、洛阳的权贵、高官、士人常在花园中栽种紫红花色的木槿，王维自己的瓜园中就有"黄鹂啭深木，朱槿照中园"的景色。

朱槿 手绘图谱 1844年 佚名画家

西晋以后中原人对华南的了解加深,《南方草木状》记载华南热带地方生长着一种红色朱槿,注意到它的茎叶皆如桑,大红花朵上有金色斑点,"一丛之上,日开数百朵,朝开暮落,插枝即活",大概是看到它的花形与木槿相似而颜色鲜红,又称为"赤槿"。朱槿（*Hibiscus rosa-sinensis*）,又叫大红花、红扶桑,这是南方常见的花木,它与中原人熟悉的木槿花同属于锦葵科木槿属,但习性、花色不同,木槿耐寒,在温带是初秋开放的,而朱槿主要在江南、华南分布,开紫红色的花朵,最大的特点是有个长长的花蕊突出来。

唐朝刘恂编撰的《岭表录异》提到岭南人称朱槿为"佛桑",到明代李时珍1578年编纂的《本草纲目》把"佛桑"混淆为"扶桑",与《山海经》里写到的东海日出之处的神木"扶桑"联系在一起,这以后就又有了扶桑花一名。其实《山海经》《楚辞》《淮南子》等古籍描述的"扶桑"是神话里一种高达云霄的神木,与华南这种随处可见的普通植物朱槿搭不上边。

如果说北方白色、粉红色的木槿花像略施淡妆的清秀女子,那华南的朱槿就是带着大墨镜的时髦女孩。朱槿、木槿在南方长势茂盛,可以做围篱植物,所以宋朝诗人杨万里写的《田家乐》提及农家庭院的木槿篱笆:

稻穗堆场谷满车,家家鸡犬更桑麻。
漫栽木槿成篱落,已得清阴又得花。

另一位诗人刘克庄注意到朱槿容易随风飘落的特性,在《暮春》一诗中云:

燕子来时春事空,杖藜来往绿阴中。
静怜朱槿无根蒂,开落惟销一阵风。

在两广,朱槿是常见的花木,盛开时花大而艳丽,五片深红色的花瓣将蕊包含在里面,只露出五分叉的花柱。摘下一朵花,撕掉花瓣,可以看到里面雄蕊的所有

虎鹭和朱槿　浮世绘　1880 年　琳斋（Utsushi Rinsai）

花丝合成一个花丝筒，把雌蕊的大半个花柱和子房包起来了。这花的形状有点像芍药，可又有热带花木的艳丽，不过它们的生命十分短促，一朵花通常开一天就凋谢，比樱花还要短暂。好在朱槿有一树的花蕾，此伏彼起，整体的观赏时间比樱花长得多。

朱槿在 12 世纪就由中国华南地区传入马来半岛，被华人称为大红花，很快就蔓延到各地，后来还成为马来西亚的国花。欧洲人把原产中国的朱槿叫作"中国玫瑰"，也许是看重瓣的朱槿花形酷似玫瑰吧。单瓣的朱槿稍后才输入欧美。

17 世纪以后欧洲人从华南采集朱槿树苗运到欧洲以及南印度洋的毛里求斯岛种植。1820 年当时在英属毛里求斯殖民地工作的查尔斯·戴斐尔博士（Charles Telfair）将当地原生的百合朱槿与传入的中国朱槿杂交，成功培育出新品种，开了现代观赏朱槿杂交育种的先河。此后许多由中国输出再与印度洋及太平洋一些岛屿不同颜色的原生种朱槿杂交改良，现在已经有上万新品种，红、橘、黄、白、紫、棕、绿、蓝各色都有，部分新品种开花后持续的时间也增加了，有的可开两天，有的甚至能持续三四天以上。

  这种艳丽的花在热带很受欢迎,到 20 世纪初印度、美国夏威夷不断培育出新的杂交品种,夏威夷人还在 1923 年采用朱槿为州花,以前夏威夷女郎喜欢把红色朱槿花别在耳朵上,不过这种艳丽有时候也要付出点小代价,因为这种花特别容易弄碎,会在衣服上留下颜色。■

萱草(《花鸟图》十开册页之一)　绢本设色　57.2cm×32.6cm
清代　郎世宁　北京故宫博物院

萱草
遗忘和怀念

> 萱草生堂阶，游子行天涯。
> 慈亲倚门望，不见萱草花。
>
> ——唐·孟郊《游子行》

孟郊的《游子行》写出了那时候文人生活凄凉的一面，他们要去外面奔波参加科举考试、给权贵高官献诗，有幸入仕的话也经常要迁徙各地为官，常常独自在旅社的昏黄灯光下想到家乡的亲人。萱草在这里代表着母亲，它可谓中国古代的母亲节之花，足以媲美西洋人18世纪以后形成的母亲节送出的康乃馨。

萱草是比较常见的野草，《诗经》里称为"谖草"，谖就是忘的意思，《诗经·伯兮》有"焉得谖草，言树之背"，意思是在哪里可以找到萱草种在北面的厅堂里欣赏，让我忘却心中的忧愁，本是模仿一位贵妇思念出征的丈夫时说的话。

萱草可以忘忧的名声从《诗经》开始就为人所知，曹植曾为之作颂，晋代嵇康在《养生论》中写"合欢蠲忿，萱草忘忧，愚智所共知也"，说的就是当时人普遍相信合欢花可以让人抛掉激愤，萱草可以让人忘忧。李九华在《延寿考》中猜测吃了萱草的嫩苗会让人昏然而醉，所得才得名"忘忧"，这好像没有什么根据。

唐宋的诗人对萱草的歌咏侧重的是传说中的这一点神奇功效，唐代诗人刘禹锡

蜀葵萱花图　绢本设色　76cm×39.8cm　清代　蒋廷锡　辽宁省博物馆

给白居易送过萱草，白居易回应一首诗，把杜康发明的酒和萱草并提，说"杜康能散闷，萱草解忘忧"，都是他的所爱。

可是晚唐人渐渐用北堂代表母亲，叫作"萱堂"，当游子要远行时，就会先在北堂种萱草，希望赏花能减轻母亲对孩子的思念，忘却烦忧。比如江南诗人陆龟蒙曾在诗歌《庭前》写道：

合欢能解恚，萱草信忘忧。
尽向庭前种，萋萋特地愁。

奇的是三国时期魏国诗人曹植说它又名"宜男"，大概是当时的习俗以为孕妇佩戴这种草就可以生出男孩吧。如此说来种萱草不仅是娱乐母亲，还带有预祝生男孩的心思，可谓是把一家三代人都照顾到了。到明代朱元璋和后妃还在南京兴庆宫中栽种许多萱草期望多生儿子，嘉靖年间的诗人黄省参观南京兴庆宫以后写过"太平天子要宜男"的诗。朱元璋一生有26个儿子和16个女儿，的确多产，不过这大概不是萱草的功劳，而是因为后妃众多吧。

萱草不算什么珍惜花木，比如《救荒本草》中叫它"川草花"，《吴谱》中居然叫它"妓女"，可见是长江流域各地常见的野花野草，可以长在权贵的豪门大宅，如贾宝玉他们家的萱草堂里，也能在乡野小民的篱笆边扎根，有人见鹿喜欢吃萱草，还叫它"鹿葱"呢。

萱草原产亚洲高加索地区到东亚之间的广大地区，同属的有20多个原生种，民间常常笼统称为"萱草"或者"黄花菜"，其中原产中国的北黄花菜、黄花萱草（*Hemerocallis lilioasphodelus*）因为长出的花蕾多，常作为蔬菜种植。而观赏品种里有些花蕾带有毒性，并不能吃。

以前我去楠溪江旅行的时候，在山野见过成片成丛的萱草（*Hemerocallis fulva*），绿叶萋萋，黄花灼灼，那时候还不知道它和常吃的黄花菜（*Hemerocallis citrina*）都是百合科萱草属的植物。

既然两者算亲兄弟，长得自然也像，在春天萱草长出细长的新条，六七月顶端次第开放橘黄色的漏斗形花朵，每条上有七八朵花，边缘反卷下垂，虽然每朵花只有一天生命，日出开的花到日落就会枯萎，可陆续开的花也可以欣赏一个多月呢。而黄花菜如今是常见的蔬菜，春天的幼苗可以炒，夏天的花蕾也叫金针花，晒干以后可以炒肉、包饺子。

在艺术史上，因为萱草是庭院中常见的花木，所以元明以来的花鸟画中常出现萱草，如元末明初诗人张昱曾在《张横塘画竹枝萱草》上题诗：

几宵明月竹枝好，一夜东风萱草长。
怅望美人烟水阔，不胜清思绕横塘。

粉彩瓷黄地萱草盆　瓷器　高 16.2cm 口径 24.7cm 底径 16.9cm
清代同治光绪时期　台北故宫博物院

明代的成鹫也曾在一幅萱草主题的画作上题诗：

北堂曾种宜男草，几度春秋几度花。
乐事世间应不少，忘忧宁待佩仙葩。

虽然中国人最早在庭院里栽培萱草，但对这种常见花木的改进并不多。一直到近代，萱草从台湾地区和日本传入欧洲、美国并颇受欢迎，园艺学家们不断杂交育种，培育出成千上万新品种，尤其是20世纪20年代培育出的黄色的大花品种更是重要的观赏和鲜切花花卉。在美国，17世纪英国人把开黄褐色花的萱草、北黄花菜引进北美以后长势良好，不断蔓延，各地常见，以致现在美国人不觉得它竟然也是外来植物了。

现在人大约都忘记萱草的这些寓意。除了吃，常提到还有"等到黄花菜都凉了"这句话，可这句俗语里的"黄花"本来应该指的是菊花，苏轼在咏菊的诗里说过"明日黄花蝶也愁"，指出过了重阳赏菊那天以后，花已凋，蝶已去，已经过时了。"等到黄花菜都凉了"大概就是由这句诗演变出来的说法，也是说等得太久、太晚，已经过时了。■

昙花 手绘图谱 1843年 法伊弗(L.Pfeiffer)、奥托(F.Otto)

昙花
夜晚的期待

> 夜雨山草滋,爽籁生古木。
> 闲吟竹仙偈,清于嚼金玉。
> 蟋蟀啼坏墙,苟免悲局促。
> 道人优昙花,迢迢远山绿。
>
> ——唐·贯休《闲居拟齐梁四首·其一》

唐末僧人贯休《闲居拟齐梁四首·其一》中感叹在乱世中暂时安稳下来,就好像是优昙花一样,并不长久。

"昙花一现"这个成语来自佛经,本名叫"优昙钵罗花",是梵文"udumbara"的音译,简称优昙花,佛家《妙法莲华经》云:"佛告舍利佛,如是妙法,如优钵昙花,时一现耳",《长阿含经》里也有"(佛)告诸比丘,汝等当观,如来时时出世,如优昙钵花,时一现耳。"可见这是种难得一见的花,中国人正是从佛经中引申出"昙花一现"这则成语的,比喻顷刻消逝的稀奇事物,后来似乎还沾染上贬义,说的是那些生命力不强或经不起考验的人、事。

佛经里提到的这种花到底是什么,现在有两种解释:一种说法认为优昙花是三千年才开一次的祥瑞花,只存在于佛徒的想象之中;另一种说法是唐代僧人玄应

晚香玉 手绘图谱 1805年 雷杜德(Pierre-Joseph Redoute)

所撰《一切经音义》中所说，这是原产在南亚、东南亚和大洋洲的聚果榕（*Ficus racemosa*），因为它开出的小花藏在凹陷的花萼里，古人以为它不开花就结果，认为非常稀奇。在古印度这种树象征繁荣，也许是因为它结出的果子是成群挤在一块，看上去很繁茂吧。宋代人乐史在《太平寰宇记》里提及广州也有的近似枇杷的"优昙钵"则是无花果树，与聚果榕不同。

明代的人开始把佛经中的传说和现实中的另一种植物联系在一起。开先风的是明代旅行家徐霞客，他在昆明游曹溪寺时曾参观当地人所说的"优昙树"："高三丈余，大一人抱，而叶甚大，下有嫩枝旁丛。闻开花当六月伏中，其色白而淡黄，大如莲而瓣长，其香浓烈。"现在这花还在曹溪寺大殿前右侧院内成活着。另外昆明的昙华寺内也有一株著名的"优昙树"。

明清人认定的这种优昙树又名山玉兰（*Magnolia delavayi*），原产云贵川地区，是一种长得很高大的落叶乔木，树皮灰绿色，粗糙、开裂，五六月开出乳白色的花。它的原产地是中国华南和西南地区，可因为云南和中原的交通在明清时期才常规化，那以后人们才得以大量了解到当地的各种植物。

这种优昙树每到5月下旬就形成一个个花苞，到傍晚那些饱满的绿色花萼会张开，在十多分钟时间里徐徐张开花瓣，有时候花瓣弹开的力度非常大，能看到花朵明显在抖动。不过优昙花虽然也在夜晚开花，但是持续的时间要比之后从美洲传来的"昙花"长得多。优昙花开出的花大而白，气味芬芳如檀香，如果佛陀那个时代真见过这种花，用来打比喻也算合适。

而如今人们常见的"昙花"（*Epiphyllum oxypetalum*）原产地是中南美洲，17世纪由荷兰人引进台湾、福建等地，估计是哪位文人看到这种花夜间开放，很快萎谢，正应和了"昙花一现"这个成语，就命名为"昙花"。康熙末年曾任台湾同知的孙元衡在台南法华寺见到这种"昙花"，据僧人说是西方人传入的，他为此写了一首诗：

一丛优钵昙花好，移得西天小本来。
日色烟光浮紫气，凌空谁为筑瑶台！

花与画的艺术之旅

夜合花　绢本设色　23.9cm×25.4cm　宋代　佚名画家　上海博物馆

夜合花（*Magnolia coco*）又名夜香木兰、合欢树，原产中国南部，喜温暖湿润和半阴半阳环境，以花朵昼开夜合著称。

这种"昙花"是仙人掌科昙花属的植物,叶片在千万年前就退化成海带似的青色茎片。它在夏秋之间的夜晚开花,所以有"月下美人"的别名。大概到晚十点左右花筒慢慢翘起,绛紫色的外衣慢慢打开,然后由20多片花瓣组成的、洁白如雪的大花朵就开放了,散发出浓郁的香味。细白的花丝从花心中旋转地伸出来,中央是一个比较粗的白色雌蕊,顶端的柱头上开着一朵小小的类似菊花的白花。

"昙花"之所以夜间才开花,可能是为了适应墨西哥一带燥热的沙漠气候,白天又干又热,它需要抑制自己的生命活动来保持能量,而等到晚上开花既能避开曝晒,减少水分消耗,又可以借此繁殖延续生命,几百万年来就逐渐形成了这种遗传特性,即使养在家里也仍然如此。可是它开花以后花瓣容易散失水分,根部无法长期维持花瓣所需,因此三四个小时后花冠就闭合,花瓣也会凋谢。

原产墨西哥的晚香玉(*Polianthes tuberosa*)是清代康熙时就由欧洲传教士、商人传入北京皇宫御花园,康熙皇帝命名为"晚香玉",他的孙子乾隆皇帝曾经写有一首诗《晚香玉》:

> 西域传来贵似金,繁滋簇簇满墙阴。
> 晚纫骚客幽兰佩,閒掠佳人白玉簪。
> 名状标题应入疏,画图省识尚沉吟。
> 寻常悟得香中谛,是卉皆成蒼卜林。

19世纪末广东、天津郊区已经出现商业化种植,因为欧美的侨民喜欢这种能散发香味的花木。原产南美的夜香树(*Cestrum Nocturnum L.*)、紫茉莉(*Mirabilis jalapa L.*)等也是从南美引进的,但只在华南有种植,也是晚上开花。

鲜花生发芳香有两个原因:一是花瓣细胞中含有糖苷,经酵素分解以后就产生香味;二是花瓣中有油细胞,它能分泌出芳香油,并把分子散发到空气中,比如丁香花、晚香玉就是这样。

晚香玉有好几个近似品种,其中印度、西亚也有原生的品种,印度人用它的花朵做成花环用于婚礼等各种传统仪式，而伊朗人很早就开始从它的花里提取香精做香水。

晚香玉的叶片碧绿，花茎挺立，夏秋之间从淡绿色的苞片中长出白色或者紫色的漏斗状花朵，自下而上陆续开放，并散发出芳香，夜晚或阴雨天更为浓烈。这是因为夜里的空气比白天潮湿，花瓣上和外界交换气体的气孔变大，花瓣里的芳香油分子就通过气孔跑到空气中来。

华南原生的植物中，萝藦科的夜来香（Telosma cordata）比较常见，虽然也是在盛夏的夜晚开花，香味浓烈，但它的花是黄绿色的，叶片呈卵圆状心脏形，和晚香玉的线状叶、白花不同，它们之间也没有亲缘关系。

现在多数人并没有兴致等到夜间看这些花开的刹那，现在人消磨时间、娱乐自己的选项太多了，只有古代人才会对各种夜晚开放的花木有巨大的热情：对电灯、电视、手机普及以前的人来说，夜幕降临以后的日子多少显得有点无聊，秋后蟋蟀的声响，风刮过的呼啸和狗叫也许就是最常听到的东西，好在还有一轮明月能在清朗的时候铺洒亮光，如果约两三好友一起秉烛夜游也算乐事，看昙花、晚香玉等花木在月光、灯火下逐渐开放，闻见一丝花香，这个等待的过程似乎要比真正花开更浪漫。

除了对夜晚开的花感兴趣，古人对白天开花、晚上花瓣合抱的花木也感到惊讶，命名为"夜合花"，如唐代诗人白居易家的东墙下就有一株夜合花树，他曾经多次写到这一棵树的情况，有一年这棵树没有像往常那样在春天开花，他写了一首诗《东墙夜合树去秋为风雨所摧今年花时怅然有感》表示遗憾：

　　碧荑红缕今何在，风雨飘将去不回。
　　惆怅去年墙下地，今春唯有荠花开。

后来这棵树总算是开花了，比往常晚了一个月，他高兴地写诗给朋友报告这件新闻：

昙花：夜晚的期待

移晚校一月，花迟过半年。

红开杪秋日，翠合欲昏天。

白露滴未死，凉风吹更鲜。

后时谁肯顾，唯我与君怜。

聚八仙 手绘图谱 1847年 德雷克（S.A.Drake）

琼花
扬州的传奇

搔首隋堤落日斜,已无余柳可藏鸦。
岸傍昔道牵龙舰,河底今来走犊车。
曾笑陈家歌玉树,却随后主看琼花。
四方正是无虞日,谁信黎阳有古家。

——唐·吴融《隋堤》

晚唐诗人吴融的这首诗《隋堤》把隋炀帝的亡国和扬州、琼花联系在一起,叹息当年运送隋炀帝到扬州巡视的运河,如今已经干涸到可以走牛车了。他生活在唐末的乱世中,大概也是有感而发,就在他身故三年以后,唐朝也灭亡了。

明代小说家进一步编撰隋炀帝是为了到扬州"赏琼花"才下令开凿了大运河,可这些故事里说的"琼花"也许隋炀帝根本就没见过。隋炀帝虽然不是为了琼花而来扬州,但却是扬州这个城市兴起时的重要见证人。扬州在隋唐时成为一处重要的港口和贸易城市,从那时一直到清代,扬州都是东南一大都会,吸引了大批商人、文人、娱乐圈人士乃至道士们前来谋生,他们的故事也让这座城市成了文化中的传奇。

从魏晋南北朝到隋唐,"琼花"这个词只是泛指仙苑里开着的美玉似的花木,各种白色、粉色的花乃至雪花都可以用"琼花"来形容。

唐代长安城内的道观唐昌观有一株著名的玉蕊花，据说为唐玄宗之女唐昌公主亲植，每当花发时犹如"琼林瑶树"，后来元和年间传说有个十七八岁的女子带着两个尼姑、三个仆从造访这里赏花，一路异香芬馥，围观者猜测可能是来自宫廷的贵妇，她们折花数枝，上马以后随风飘走，一时传说是仙女下凡前来赏花，顿时让唐昌观的这棵树名满天下，严休复、刘禹锡、元稹、白居易、张籍等著名诗人都曾作诗吟咏此事，王建也曾特别来参观并写诗称述：

一树笼鬖玉刻成，飘廊点地色轻轻。
女冠夜觅香来处，唯见阶前碎月明。

当时除了唐昌观以外，长安的翰林院、集贤院也有玉蕊树，后来李德裕在镇江招隐山也发现有玉蕊树，特别写诗报告朋友：

玉蕊天中树，金闺昔共窥。
落英闲舞雪，密叶乍低帷。
旧赏烟霄远，前欢岁月移。
今来想颜色，还似忆琼枝。

据说玉蕊花的特点是"花落空中，回旋久之，方集庭砌"。镇江和扬州隔江相望，玉蕊花或许也曾传播到扬州。但也有人说玉蕊在唐代更可能指山矾、栀子花、散水之类花木。

直到北宋的时候，人们才用"琼花"来特指一种花木，当时的著名文人王禹偁在宋太宗至道三年（997年）任扬州知州，在后土庙看到一株当地人俗称的"琼花"洁白可爱，写诗加以称扬：

春冰薄薄压枝柯，分与清香是月娥。

蝴蝶和聚八仙　浮世绘　1930 年　犬塚太岁（Taisui Inuzuka）

忽似暑天深涧底，老松擎雪白婆娑。

后来任扬州太守的欧阳修特意在后土庙中构筑无双亭用于赏花，引来文士的不断题咏和参观，每当春季"三春爱赏时，车马喧如市"，后来这里也被称作"琼花观"。历史上琼花观多次损毁、重建，如今扬州的琼花观中栽种的是俗名"聚八仙"（*Viburnum macrocephalum*）的植物，它是不是隋炀帝看到的那种琼花已经说不清了。

南宋文人王信认为后土观中的"琼花"与"聚八仙"花不同，他在《咏扬州后土祠琼花》中认为最大的差别是聚八仙没有香味：

> 爱奇造物剪琼瑰，为镇灵祠特地栽。
> 事纪扬州千古胜，名传天下万花魁。
> 何人斫却依然在，是处移将不肯开。

>谩说八仙模样似，八仙那得有香来。

13世纪时南宋文人赵以夫也曾辨别说："琼花大而瓣厚，其色淡黄；聚八仙小而瓣薄，其色微青，不同者一也；琼花叶柔而莹泽，聚八仙叶粗而有芒，不同者二也；琼花蕊与花平，不结子而香，聚八仙蕊低于花，结子而不香，不同者三也。"大概这是两种亲缘关系很近的植物，可能琼花更美且有香味。

让琼花显得神奇的是文人把这种花和扬州城的命运紧紧结合在一起，"维扬一株花，四海无同类"，据说北宋庆历年间，宋仁宗曾令人把琼花从扬州移至汴京（今开封）御花园中，谁知次年即萎，只得送还扬州。南宋淳熙年间，孝宗又令人把琼花移栽至都城临安（今杭州），但它越过一年也萎靡无花，将它送回扬州却又枯木复苏。据说元世祖至元十三年（1276年），也就是南宋亡国的次年，扬州琼花枯死，赵棠还曾作诗凭吊这一有情之物：

>名擅无双气色雄，忍将一死报东风。
>他年我若修花史，合传琼花烈女中。

琼花观没有了琼花，实在尴尬，元代道士金丙瑞只好以"聚八仙"补种在观内。聚八仙或"琼花"并非只在扬州绽放，北宋杭州、洛阳的一些地方有琼花，金元之际元遗山在陕西户县也发现过琼花树。离扬州不太远的江苏昆山亭林公园也有清代的聚八仙树，号称昆山三宝。这种树外围的八朵花由花萼发育而成，犹如八位仙子围着圆桌品茗聚谈，故有"聚八仙"的美名。

与聚八仙同一属的几种近似植物在亚欧大陆均有广泛种植，中国原产的聚八仙传到国外以后叫作"中国雪球花"，亲缘关系相近的还有天目琼花、欧洲琼花等，形象和香气都非常类似，在春夏一片姹紫嫣红的时候满枝开出洁白如玉的花朵，自然有别样的清雅风姿。

扬州的琼花的故事在宋代才出名，但明代文人写小说最喜欢渲染隋炀帝到扬州

聚八仙　浮世绘　1890年代　幸野梅岭（Kono Bairei）

是为了观赏琼花。

有趣的是，广东的地方戏曲粤剧的别名之一是"琼花"，据说扬州后土圣母娘娘庙前，一株从不开花的琼树开出了"上香三十三天界，下香五湖四海"的琼花，圣母将其献给玉帝，于是玉帝恩赐琼花宴，并称有功者可获得琼花，饮御酒。金龙太子起身去拿琼花，而降服过火神、风神的灵耀不服，也起身去抢，大闹琼花宴。灵耀因此被贬凡间，几经转世才修成正果，自号华光大王。粤剧戏班因演戏的大棚和红船都忌火，故有朝拜华光的习俗，其行会也称为琼花会馆。久而久之，民间便用琼花代指为粤剧，并代代相传。

这说明至少在宋代以后，扬州和琼花的关系已经是如此紧密，以致华南的地方戏曲中也出现这样的故事。■

石竹图(《仙萼长春图册》十六开册页之一) 绢本设色
33.8cm×27.8cm 清代 郎世宁 台北故宫博物院

康乃馨
母亲的冠冕

> ……
> 大火幻化为花朵,
> 它甚至让玫瑰也蒙羞,
> 因为它的美丽和香味。
> ……
> 无论天气冷还是热,它都毫不气馁,
> 保持着芳香和色调。
> ……
> ——[美]埃拉·惠勒·威尔科克斯《红色康乃馨》

在《红色康乃馨》这首诗中,美国诗人埃拉·惠勒·威尔科克斯(Ella Wheeler Wilcox)比较康乃馨和玫瑰,认为它的花期更长,也更美丽和芳香,堪称"永恒的爱和激情"的象征。这首诗写于1884年,可以连续几个月开花的康乃馨品种刚在美国东北部的花园中流行起来,诗人见了感到新奇才有了这样的感想吧。其实,康乃馨的早期品种只在春季开花,这种新品种于1842年法国园艺家才首次培育连续开花的新品种,大大延长了它的花期。这种新品种于1852年传入美国长岛,园艺家们培育出了更多新品种,这以后才在美国逐渐流行起来。

在意大利、西班牙的大小市镇的庭院常见到康乃馨（*Dianthus caryophyllus*），野外的山岩上也有野生的,它的细微的层次感带来的那种细致的艳丽让人不忍心去摘。这种花的原产地就是地中海地区,它们的祖先喜欢在阳光和海风交织的暖风里生长,用散发出的香味招引来古希腊人的钟爱。古希腊植物学家狄奥弗拉斯图（Thephrastus）第一个写到这种神圣之花（Dianthos）——古罗马人用康乃馨制成花环戴在头上。英国人由此认为加冕是康乃馨礼节的引申。冠冕（coronation），也是康乃馨这个现代名称的由来。

康乃馨在希腊、意大利、西班牙、葡萄牙这些南欧国家是常见的花木,葡萄牙还发生过"康乃馨革命",那是 1974 年 4 月 25 日,年轻军官发动军事政变,终止已经持续了 60 年的独裁政权,让葡萄牙转变成一个民主国家。那天进入里斯本的一些叛乱军人把里斯本花卉市场正应季的康乃馨花插在枪口,这一画面在电视上播

康乃馨、百合、玫瑰　布面油画　153.7cm×174 cm　1885—1886 年　萨金特（John Singer Sargent）　伦敦英国国家画廊和泰特美术馆

出后形成了"康乃馨革命"这个说法,意思是这是一次和平的革新。新建立的民选政府的一个重要举措是放弃海外殖民地,包括承认澳门是葡萄牙管辖的中国领土,为后来澳门回归打下基础。

康乃馨这几个汉字是对其英文名"carnation"的音译,读起来有点西洋气息。因为它和东北亚原产的石竹(*Dianthus chinensis*)都是石竹科石竹属植物,花的形色近似,又带有香气,所以也叫"香石竹"。石竹属的须苞石竹(*Dianthus barbatus*)也是常见的观赏植物,它原产于南欧,可是中国人是从美国引进了有关品种,所以也称之为"美国石竹"。

原产于亚洲东北部的石竹没有康乃馨长势健壮高大,也没有香味,因为茎上有节,膨大似竹,故名石竹、绣竹。除了华南的燠热之地,几乎全国各地都有石竹分布。隋末唐初的诗人王绩最早在诗歌中提及石竹,他的《石竹咏》写道:

> 萋萋结绿枝,晔晔垂朱英。
> 常恐零露降,不得全其生。
> 叹息聊自思,此生岂我情。
> 昔我未生时,谁者令我萌。
> 弃置勿重陈,委化何足惊。

石竹矮矮的花朵在古代人看来只是种常见的草花,算不上惊艳。只有司空曙在《云阳寺石竹花》中给予了较高的赞誉,说它的花期比较长:

> 一自幽山别,相逢此寺中。
> 高低俱出叶,深浅不分丛。
> 野蝶难争白,庭榴暗让红。
> 谁怜芳最久,春露到秋风。

石竹花出五瓣，质如丝绒，古人因而取作一种花式纹样用在衣裙上，这在唐代似乎颇为流行，诗人们常常在描写美女时提及她们绣有石竹花的衣衫，如李白在描绘唐玄宗时宫廷贵妇生活的《宫中行乐词》中写道：

> 小小生金屋，盈盈在紫微。
> 山花插宝髻，石竹绣罗衣。
> 每出深宫里，常随步辇归。
> 只愁歌舞散，化作彩云飞。

石竹花的特色是日开夜合，如果能在中午太阳最热烈的时候帮它遮挡住阳光，还能开得更久，而且花朵繁茂，会不断抽枝开花，此起彼伏。石竹花期很长，从春末到秋初都可以开花，且多数都是淡红色或白色。

到了清代，乾隆皇帝在画家邹一桂的《花卉卷》中从"石竹"的名字谈起，认为：

> 此花亦被此君名，袅袅裳裳且自荣。
> 世上宁无假君子，底须卉里太分明。

因为石竹不受重视，所以在中国园林中变化不大，新疆好几种花朵比较大的野生石竹品种也都没有进行人工栽培。

而在欧洲，园艺家在16世纪以后不断培育花朵大、一茎单花、复瓣的新品种，发展出好几百种康乃馨的新变种与杂交种，十多年前还出现了可以盆栽的康乃馨，让康乃馨成了世界上最大众化的切花之一，应用非常广泛。

据说，11世纪左右十字军东征时法国人最早在非洲穆斯林的花园中采集到康乃馨并带回巴黎进行人工栽培，后来很长一段时间欧洲人以为这是法国特产的花木。这也许验证了欧洲历史的重要一幕：罗马帝国解体以后，入侵欧洲的日耳曼各部落在欧洲落脚发展，慢慢基督教化并壮大为王国，可就人文和科学知识来说长期落后

自画像　木板油画　38cm×27cm　1519年
朱斯·范·克利夫（Joos van Cleve）
马德里提森－博内米撒艺术博物馆

佩戴天鹅勋章的女士画像　木板坦培拉　44.7cm×28.2 cm
1490年　佚名德国画家
马德里提森－博内米撒艺术博物馆

于当时的阿拉伯世界和东方的几个文明古国，以致当时的法国人不知道古希腊、古罗马人早就欣赏康乃馨了。

比法国人稍晚，1375 年英国有了栽培康乃馨的记载。17 世纪是英国园艺大爆炸的时代，当时的城市化带动了英国人对花卉的钟爱，他们不断引进、改良、杂交康乃馨，有记载的品种多达 800 多个，在常见的粉色、紫色之外还开发出红、白、黄、绿几种颜色。在英国这种花如此常见，所以 18 世纪以后上层人物就不大推崇了，特殊的是著名的爱尔兰裔作家王尔德喜欢绿色康乃馨这种少见的颜色，后来这种花就成了 20 世纪初对同性恋的一个暗指。

现在很多中国人也流行送粉红色康乃馨给母亲，这是受到母亲节这个新传入的节庆习俗的影响。和圣诞节、复活节等来自宗教传统的古老节日不同，母亲节是美国费城的安娜·贾维斯女士（Ana Jarvis）在 1907 年提倡的新节日。当时她在为一年前逝去的母亲——她爱的就是康乃馨——举办的追思会上倡议美国每年规定一天来感谢母爱的伟大。之后她到处写信、演讲争取支持，连马克·吐温也曾写信给安娜说："在我的余年里，将佩戴母亲节纯洁和爱情的标志——白色的康乃馨。"次年西雅图的长老教会举行颂扬母爱的聚会，并用安娜母亲生前酷爱的康乃馨作为母亲节的象征。到 1914 年美国国会通过决议，确定每年 5 月第二个星期日为母亲节，1934 年 5 月美国首次发行的母亲节邮票上，就是一位母亲凝视着花瓶中插的康乃馨，从此很多人开始把康乃馨当作母亲节的节日花卉。

母亲节的由来透露出美国这个国家最有活力的一面，一个公民可以发挥自己的力量去说服公众、议员，获得支持就能参与国家文化、制度的建构。后来母亲节这一创举扩展到国外，不过日子却各有不同，阿拉伯国家的母亲节是 3 月 2 日，而泰国的母亲节是 10 月 5 日，葡萄牙的母亲节是 12 月 8 日，印度尼西亚的母亲节是 12 月 22 日。韩国人不仅引进了母亲节的习俗，而且把康乃馨作为教师节的礼品花，因为他们认为这种花含有爱和感谢的意思。

作为母亲节花卉，康乃馨能获得美国人认同还有个隐含的历史背景：12 世纪左右欧洲就传说，粉红色康乃馨是圣母玛利亚看到耶稣受难而流下伤心的泪水落地后长出来的，因此粉红康乃馨很早就是献给圣母玛利亚的鲜花之一。

实际上欧洲好多花木的传说都来自中世纪基督徒的演绎，比如耶稣的血流下来长出红玫瑰或者白百合之类都是如此。不过在中世纪，康乃馨也许还带有性的象征意义，民间绘画中常用它来象征婚姻、生育。也许是因为它的花朵从某个角度看类似女人的私处，据说当时还出现了诸如"去找你妻子衣服下面的康乃馨"的隐喻。

当时欧洲流行的也是类似中医的草药学——当然就发达程度来说比不上同期的中医，康乃馨曾被用来治疗发烧，在一本17世纪的药典中，曾提及康乃馨是晕船的解晕剂。康乃馨的香味很像丁香干燥后的味道，所以在伊丽莎白时代亦曾被用作葡萄酒与麦酒的香料添加剂，以代替价钱较贵的丁香，因而曾被大规模地栽培。

康乃馨在18世纪日本江户时代由荷兰人传入日本，而中国人要晚一个多世纪，到清光绪二十年（1894年），才有上海县梅陇乡牌楼艾家库花农引种国外传入的康乃馨、大丽花的记载，当时主要卖给租界的洋人，康乃馨这个名字大概也是当时翻译家的创作。20世纪20年代康乃馨和波斯菊、马蹄莲、晚香玉、日本杜鹃、一串红、万寿菊、菖兰等都是上海流行的摩登时尚鲜花。

现在花园通常种植的康乃馨大约有半米高，花朵长于硬直的茎秆上，4月至9月开花。至于城市中送人的四季康乃馨（perpetual carnation）可能是花坛康乃馨与中国石竹的杂交后代，长得更高，茎秆和花朵也更大，在温室里几乎可以连续不断开花，所以一直是最受欢迎的切花之一，用于制作插花、胸花等。

1996年开始流行的转基因生物工程也波及康乃馨育种栽培产业，一些花木公司的工程师开始试验"发明"自然界中见不到的蓝花康乃馨，主要是把牵牛花、金鱼草之类花木含有的蓝色色素注入康乃馨的细胞里，然后培育出能自己合成蓝色色素的康乃馨新品，现在已经有好几个这样的蓝色品种出现了。传统的园艺学在苗圃中用杂交、嫁接之类的方法改变花木的形态和基因，往往需要好几年乃至十几年的漫长试验，而以后的生物学家似乎待在室内生物实验室里就可以完成绝大部分工作，用试管和机械手操作改造植物的细胞和基因，也在很短的时间内就能让植物的性状有巨大的改变。■

栀子花　手绘图谱　1847年　德雷克（S.A.Drake）

栀子花

爵士乐之味

> 六出台成一寸心，银盘里许贮金簪。
> 月中不著蝇点璧，春过翻疑蝶满林。
> 陆地水光山院静，炎天冰片石坛深。
> 扬州只说琼花好，漠漠风沙何处寻。
>
> ——宋·舒岳祥《栀子花》

在《栀子花》诗里，南宋末期浙江宁海文人舒岳祥细致描述了栀子花的模样。栀子花出名在它的香，即便凋谢落地好几天还能闻到一丝味道，再加上花形雅致，唐宋时代江南女子就喜欢把栀子花簪在鬓角了。栀子常见复瓣，这一特点可以引申比喻两人同心，当时就已经情人之间互赠的信物。

栀子花（*Gardenia jasminoides*）的原生地亚洲热带地区，后稍微蔓延向北，如中国长江以南的山野间也能见到野生品种，叶片四季翠绿，夏天开出高脚碟状的白花。"栀子花"因为果实像古代盛酒的青铜器酒杯"卮"而得名。

栀子属于茜草的一种，与茜草科的许多植物一样是天然染色剂。中国人很早就发现这一点，汉代人们把各种茜草进行人工栽培，提取的汁液可以用来给毛、麻、丝、棉染出鲜艳的红色，制作著名的茜裙、石榴裙——当时是权贵富豪家的女子竞相追逐的时髦穿着。司马迁写的《史记·货殖列传》中记载种植"千亩栀茜"的人家和千户侯一样富有，可见其中的利益之大。

而观赏栀子花始于南北朝时期的文人士大夫，谢灵运在《山居赋》中称野外的栀子花为"林兰"，陶弘景在《别录》中称之为"越桃"，可见这是南方常见的花木。南北朝萧纲写有《咏栀子花》一诗：

素华偏可憙，的的半临池。
疑为霜里叶，复类雪封枝。
日斜光隐见，风还影合离。

唐代人在庭院种植栀子花用于欣赏，韩愈就写过"升堂坐阶新雨足，芭蕉叶大栀子肥"的诗句。后来逐渐就培育出"大花栀子"（*Gardenia jasminoides Ellis var. fortuniana*），又称为"白蟾"，比野生栀子的花朵大、植株则要矮一些。又因栀子花颜色清雅，香气动人，女子常用来簪花为饰，如晚唐诗人韩偓所写，"整钗栀子重，泛酒菊花香"。

宋代的宋徽宗曾经描绘过栀子花和白头翁组合的花鸟画，元人成廷圭曾经题诗《徽庙御画栀子白头翁》记述此事：

栀子红时人正愁，故宫衰草不胜秋。
西风吹落青城月，啼得山禽也白头。

无论是"栀子同心"的寓意还是簪花为饰、染制裙装的用途，栀子花都更靠近女性的喜好，到宋代却起了巨大的变化，当时有文人认为栀子花就是佛经中所说的"薝蔔花"，拿它来供佛，象征吉祥如意之类。实际上佛经中说的"薝蔔花"开的是有香味的金色小花，与栀子花的外形不同。用鲜花供佛是印度的古老传统，当地人至今还用茉莉花等供奉印度教、基督教、佛教等各类神佛，这习俗魏晋以后也传入

来禽栀子花图卷　纸本设色　29.3cm×78.3cm　宋末元初　钱选　华盛顿弗利尔美术馆

中国，大家就找茉莉花、栀子花一类带有香味的鲜花进献神佛，还希望能和佛经中记载的各种神奇花卉对应起来。

经过宋代文人这样一番"文化意义"的转换，栀子花也就进入文人雅士的书房，成为"妙香""禅友"了。栀子花喜欢在夜晚开花，第二天主人睁眼的时候闻到一股沁人心脾的浓香就知道开了，所以诗人写到栀子花的时候常常把它和月亮联系在一起，像是月光赋予它芬芳和洁白的颜色似的。又因为盛开时正好是夏天，一朵朵如白雪压在枝头，给敏感的文人心中带来一丝冬日的凉意，所以有"夏雪""香雪"的绰号。

1757年英国人詹姆斯·戈登（James Gordon）从中国把栀子花带到英格兰种植，很快就在英伦和美洲殖民地的花园中流行起来。女性喜欢它的味儿，不仅当作胸花，后来还用来装点在鸡尾酒、礼物盒上。园艺家用各地不同的品种杂交培育出许多新品种，如重瓣的冬开种，四季开花的盆栽种，专作切花用的品种，以及叶上有黄白斑纹的单瓣、重瓣品种等。到20世纪初，栀子花的这些新品种和新用法又传回了上海、香港，成为都市人的新时髦。

20世纪中期的著名女爵士歌手比莉·哈乐黛（Billie Holiday）表演的时候喜欢在左耳上方的头发上别一朵大大的栀子花，以便掩盖耳朵上的伤疤。这以前，我已

花卉四段图卷　绢本设色　49.2cm×77.6cm　北宋　佚名（传赵昌）　北京故宫博物院

经听了好久爵士乐,对哈乐黛不大感冒,觉得她的音乐节奏实在太慢了。可我觉得,这故事可以有另一说:哈乐黛那时常常要在烟雾缭绕的酒吧演出,耳畔的栀子花随着乐曲飘散出淡淡幽香,似乎可以带给她更多欢快和灵感。■

鸡冠花（《仙萼长春图册》十六开册页之一）　绢本设色
33.3cm×27.8cm　清代　郎世宁　台北故宫博物院

鸡冠花
在佛前显形

> 如飞如舞对瑶台,一顶春云若剪裁。
> 谁为移根蓂荚畔,玉鸡应为太平来。
>
> ——宋·王令《白鸡冠花》

北宋诗人王令曾经写下《白鸡冠花》,形容它如同神话传说中的"玉鸡"一样出现在太平清明之时,或者至少是在呼唤太平清明岁月的到来。

鸡冠花（*Celosia cristata*）以其穗状花序类似雄鸡充血的红冠而得名,夏天开花以后,远看好像只有一朵花,实则由众多小花折叠组成穗状的鸡冠模样,摸上去厚厚软软的,倒是和鸡的绒毛类似。其实,鸡冠花也不完全是鸡冠的形状,也不只是红色的,我在印度孟买的一个公园看到过紫、白、黄、橙几种,形状上也有火炬状、绒球状、羽毛状、扇面状等等,但无论怎样它都是耀眼的,一进花园就能抓住你的眼睛。如果掰开花朵,能看到里面藏着一颗颗亮眼的小黑种子。

印度这样暖热的国家是随处可以生长鸡冠花的,一些地方还有人把鸡冠花的花做菜吃。据说印度或者东南亚的一种红色鸡冠花是在1570年第一次进入英国植物园的,不过欧洲多数地区寒冷的冬季不太适宜鸡冠花生长,所以除了南欧地中海沿岸有些地方户外种植,其他地方并不流行。现在日本和美国栽培数量较多,繁育的新品种也多，比中国传统种植品种的颜色要鲜艳许多。

鸡冠花原产于亚洲、非洲、美洲的热带地区，而中国中原人见到的鸡冠花极有可能是隋唐时期从印度传入的。唐代的《本草拾遗》中就有相关记载，中原人以为它是佛经中说的"波罗奢花"，颇为神圣。诗人罗邺在《鸡冠花》称赞它的风姿：

一枝秾艳对秋光，露滴风摇倚砌傍。
晓景乍看何处似，谢家新染紫罗裳。

鸡冠花（《写生册》二十开之一）　纸本设色　34.8cm×56.5cm
明代　沈周　台北故宫博物院

到宋代时已广泛栽植鸡冠花,当时的中元节(阴历七月十五日)前首都汴梁(今开封市)满街有儿童提着放有鸡冠花束的篮子唱卖,人们买回去插在瓶子里供奉祖先。当时开封市还称鸡冠花为"洗手花",这可能和印度的习俗有关系。印度习俗是献花给神庙前需要清洁双手,这种礼仪可能也随佛教传入中国。宋代耀州窑瓷器的装饰纹样中常有飞天手持献佛的供奉物鸡冠花、莲花之类折枝花朵的图案,估计开始是供奉佛像,后来也用来祭祀祖先了。

农历七月十五日的中元节俗称"鬼节""盂兰盆会",和佛教目连救母的传说有紧密的关系。《目连救母》故事源于西晋竺法护译的《佛说盂兰盆经》,里面说释迦牟尼佛的重要弟子目连(原为目犍连)的母亲做了很多坏事,死后变成了饿鬼,目连为找到修行高的罗汉帮助自己救出受苦的母亲,就为修行者提供盥洗用品,并于每年七月把各种蔬菜水果放在盆中供养十方僧人,最后使母亲济度得到解脱。据说目连救出母亲的同时地狱的群鬼也跟着跑出来,所以农历七月被称为鬼月,寺庙要举行盂兰盆节(中元节)法会来超度众饿鬼。"盂兰盆"是梵语"倒悬"的意思,指地狱里的恶鬼要受倒悬之苦,所以要供奉使他们得救。盂兰盆会早在南北朝时期就已流行,在唐代以后还逐渐和中国人祭祀祖先的习俗汇合成一个民间节日,要买各种纸糊的冥器焚烧,用花果素食祭祀祖先,此后目连救母的故事也不断成为戏曲、小说再创作的题材。

宋代绘画中常出现鸡冠花,张子龙《白鸡冠花图》云:

鹿葱花尽凤仙空,一种奇葩色不同。
似带冰霜归老笔,肯随篱落斗群雄。
太平瑞映园林外,清白名归草木中。
留向山窗伴幽独,半绡斜月五更风。

尽管文人一向喜欢从肖形、色彩的角度咏叹各种花木,可鸡冠花似乎太贴近鸡冠的模样,反倒让他们没有了进一步发挥想象力的空间,写出的诗歌无非是铺排斗鸡如何气宇轩昂、红色是多么惊艳一类,乏善可陈,鸡冠花也没有如荷花那样和士

手拿鸡冠花的青年肖像　木板油画　45.1cm×33.3cm
1490—1500 年　佚名画家　费城艺术博物馆

鸡冠花：在佛前显形

20世纪初日本服饰上装饰的鸡冠花
纽约大都会博物馆

人的德行建立象征性的关联。所以，在中国古典园林里鸡冠花最多算个群众演员，有没有无所谓。

近代画家齐白石画过一些鸡冠花题材的画，其鲜艳的颜色、独特的造型很受人们青睐，加上红色有喜庆的意思，是买画送人者喜欢的。■

紫白丁香（《仙萼长春图册》十六开册页之一）　绢本设色
33.3cm×27.8cm　清代　郎世宁　台北故宫博物院

紫丁香
幽怨的姑娘

> 丁香体柔弱，乱结枝犹垫。
> 细叶带浮毛，疏花披素艳。
> 深栽小斋后，庶近幽人占。
> 晚堕兰麝中，休怀粉身念。
>
> ——唐·杜甫《江头五咏·其一》

唐代诗人杜甫在这首诗描绘的似乎是宅院后刚刚开放的白丁香，这时候还仅有一些"疏花"，等到完全开放的时候就是一树繁华，让人有点眼花缭乱了。

也不知道哪个心细的诗人首先发现丁香细长的枝条常常纠结在一起，花没开放的时候纤小的花蕾密布枝头，给人以欲放未尽之感，所以古人常用丁香花含苞不放来比喻愁思郁结，用"丁香结"比喻男女情思，如李商隐的"芭蕉不解丁香结，同向春风各自愁"，"愁肠百结"的名声就这么流传下来，到民国时期诗人戴望舒还在写"一个丁香一样地，结着愁怨的姑娘"。

丁香属的植物广泛分布在东南欧一直到东亚，野生品种也很多，如在湖北高山上至今还有野生的垂丝丁香（*Syringa komarowii var. reflexa*），一簇簇圆筒状的花朵像藤萝般下垂。紫丁香的学名是华北丁香（*Syringa oblata*），是木樨科丁香属下的花木。

丁香图 纸本水墨 91cm×36cm
清代 钱载 上海博物馆

之所以称为"丁香",因为它们的花细小如丁且散发出香味。而在南欧、北美的花园、街道上常见的是所谓"欧丁香"(Syringa vulgaris),则是16世纪从奥斯曼土耳其传入欧洲的。

紫丁香在南北各地很常见,微型喇叭花长在枝头、发出清香,花虽细小,但一团团、一簇簇地占满全株,丰满而艳丽。丁香的树干可以长到四五米高,小花汇到一起也算硕大繁茂。当然,花的颜色不仅仅是紫色的,白色的也很常见。

中国人是最早人工栽培紫丁香这类花木的,唐代人写的《酉阳杂俎》提到宰相李德裕的庄园里就种有紫丁香,皇宫里元和殿、延和殿也有丁香树,当时还有收集树上的露水作为香水或者神奇药物的习俗。

宋代人还有给朋友赠送含苞待放的的花枝的习俗,如《三月十日韩子华招饮归城》一诗中记述:

> 清明晓赴韩侯家,自买白杏丁香花。
> 雀眼涂金银篾笼,贮在当庭呼舞娃。
> 舞娃聊捧笑向客,不顾插坏新乌纱。
> 朝来我舍报生子,贺劝大白浮红霞。
> 酒狂有持梧桐板,暴谑一似渔阳挝。
> 袒裼击鼓祢处士,当时偶脱猛虎牙。
> 褊衷不容又何益,鹦鹉洲上空蒹葭。

明代的才子杨慎很喜欢紫丁香,在好几首诗歌里都写过,比如在一首词《蝶恋花》中描述:

> 名园雨过晨妆洗。冶叶倡条,何处闲桃李。
> 斜日帘栊风满地。纷纷又逐东流水。
> 摇荡春心几千里。欲网韶光,唤取游丝起。

紫丁香　布面油画　73cm×92cm　1889 年
凡·高（Vincent van Gogh）　圣彼得堡埃尔米塔日博物馆

燕懒莺慵春有几。丁香枝上含新紫。

清代的乾隆皇帝也曾在画家们描绘的紫丁香画作上提过一首诗《戏题紫白丁香》：

同是春园百结芳，紫丁香逊白丁香。
山人衣好僧衣俗，郑谷清词趣独长。

国外栽培紫丁香的早期历史并不清楚，不过 1553 年法国博物学家皮埃尔·贝隆（Pierre Belon）出版的书里提到奥斯曼土耳其苏丹的庭院里种有这种花——不知道是本地品种还是来自中国的，他形容说这种树长得像狐狸的尾巴。

稍后，奥斯曼帝国的苏莱曼一世派往君士坦丁堡的大使奥吉尔·德布斯贝克（Ogier Ghiselin de Busbecq）热衷于收集和介绍他在土耳其见到的新奇东西，郁金香

在闻花香的女士 布面粉蜡 91cm×71cm
德尔菲恩·恩霍拉斯（Delphin Enjolras）

球茎也许就是他介绍给园艺学家克鲁西乌斯（Charles de l'·cluse）带回维也纳的，而丁香也许是他1562年从土耳其回维也纳之前引介的。欧洲各国大约在17世纪以后才开始在花园中观赏来自中东、东欧的丁香花，中国的品种也逐渐传入，法国人杂交培育出很多新的丁香品种，后来在欧洲、美国都有引种。

可中国人关于"丁香结"的幽思没有传播出去，欧洲人对这种花有着不同的赋意，在法国，丁香花开的时候是气候最好的时候，春天正浓烈，所以这种花象征的是年轻人的纯真无邪、初恋之类还算明媚的东西。

从欧洲传到美洲的丁香花也带有春天的爽朗意味，倒是惠特曼在纪念林肯的诗歌《最近紫丁香在庭院里开放》里透露出一点"岁岁年年花相似"的调子，4月逢春开放的紫丁香勾起他对林肯如星辰坠落的感慨和哀悼，但他最后用有力的笔调把悲悼转化成沉静的颂歌。后来从纳粹德国逃到美国的音乐家欣德米特（Paul Hindemith）曾把这首诗谱成安魂曲来纪念逝世于任内的罗斯福总统和二战阵亡将士。■

万历瓷瓶中的郁金香　木板油画　32.1cm×24.8cm　年代不详
安布罗修斯·博斯查尔特（Ambrosius Bosschaert）

郁金香
东方和西方

温煦柔和的东风携来缕缕馥郁芳香,
老态龙钟的世界再次变得年青力壮。
番红花举起玛瑙杯映红了茉莉的嫩颊,
水仙的炯炯明眸凝望着盛开的郁金香。
……

——[波斯]哈菲兹《温煦柔和的东风》

在十四世纪波斯抒情诗人沙姆斯·丁·穆罕默德·哈菲兹的笔下,番红花和郁金香都是当时波斯贵族花园中的常见花木。但是对今天的许多来说,提到"郁金香",人们马上就想到了欧洲小国荷兰,因为那里以种植郁金香著名,是荷兰人在全世界进行旅游推广的一大卖点。

"郁金香"对很多中国人来说都意味着欧陆风情,代表的是一种饱满的红色、黄色、白色,那种饱满甚至鼓胀的感觉就像欧洲的姑娘一样健美。中国汉唐书籍上也记载了公元3世纪一种叫"郁金香"的香料、药物,唐朝的诗人也写过好多关于"郁金香"的诗,比如晚唐的博物学家段成式曾描绘当时人使用郁金香料的情形:

出意挑鬟一尺长，金为钿鸟簇钗梁。

郁金种得花茸细，添入春衫领里香。

古代中国人说的"郁金""郁金香"指用鸢尾科植物番红花（*Crocus sativus*，又名藏红花、西红花）细长的花柱制作的香料、燃料，是一种珍贵的进口奢侈品，而当代人所知的"郁金香"（*Tulipa gesneriana*）是20世纪30年代才从海外引进中国的百合科观赏植物。也就是说，民国以前中国人说的香料"郁金香"和民国以后中国人说的花木"郁金香"其实是两回事，虽然它们都是从国外引进的。

今天世界各地的植物园都把郁金香作为主要观赏花卉，人们习惯把它与荷兰联系在一起。虽然荷兰人在近代确实着力培育郁金香，却并非郁金香的原产地。现有的76种野生郁金香大部分都分布在中亚及其周边地区，中国新疆、内蒙古就有约十种野生郁金香。

最早人工栽培郁金香的可能是11世纪中亚突厥人建立的塞尔柱帝国的权贵，他们曾经统治今伊朗、伊拉克、沙特阿拉伯和土耳其的广大地区，把中亚故乡的郁金香也传播到了西亚，成为人们花园中在栽种的观赏植物，11世纪的波斯诗人欧玛尔·海亚姆（Omar Khayyam）最早在诗篇中提及这种植物。

波斯人因为它的花朵与穆斯林头巾相似而用波斯语称之为"dulband"，后来奥斯曼土耳其人也用自己的语言称作"tulbend"，意即"头巾"，这也是现在郁金香西文名称的源头。在奥斯曼土耳其帝国，这依然是人们喜欢的花卉，在16世纪，伊斯坦布尔的贵族和富商大量种植郁金香、风信子、玫瑰等植物，据记载土耳其的穆拉德三世曾向安纳托利亚南部马拉斯的长官一次赠送10万株风信子，可见当时的种植规模之大。

前往土耳其的欧洲使节、商人、学者无法不注意到土耳其人对于花木的热爱，法国博物学家皮埃尔·贝隆在1546年探访当地城市时感慨："没有人比土耳其人更乐于用花卉装饰自己，也没有人比土耳其人更多地赞美花卉。他们不重视花朵的香气，却非常在乎它们的外表。他们经常在穆斯林头巾的褶皱里插上几朵不同的花束，

春（四季风俗画之一）　木板油画　43cm×59cm
小勃鲁盖尔（Pieter Brueghel the Younger）　罗马尼亚国家美术馆

工匠们也经常用盛水的容器装上几束花。而且，和我们一样，他们非常精于造园，不惜代价弄到外来植物，尤其是精美的花卉。"他看到当时已经有商人把土耳其的球茎植物运往欧洲出售。

奥吉尔·德布斯贝克在1558年第一个向欧洲人描述了郁金香这种花木，可是1559年格斯纳（Konrad Gessner）就记录了现在德国阿列曼尼亚州奥格斯堡有人种植郁金香，所以并不确定到底是谁第一个把郁金香带到欧洲。1573年德国人莱昂哈特·劳沃尔夫曾从土耳其带回800种不同的植物，其中包括野生大黄和一种带黄色条纹的郁金香球茎，它们中的一些至今还生长在荷兰莱顿市的植物园里。当时引种的球茎植物除了郁金香，还有多种鸢尾、风信子、银莲花、水仙花和百合花等，大量新奇植物的引种促进了欧洲人对于植物贸易和科学研究的兴趣。

1593 年，曾任奥地利维也纳皇家药草植物园负责人的克鲁西乌到荷兰莱顿担任大学教授，他是郁金香早期研究和传播的关键人物，把奥地利的郁金香球茎带到荷兰种植和研究。在他的推动下，这种花似乎很快就受到当地人的喜爱，他创立的大学教学花园在 1596 年以后经常遭到"采花大盗"的光顾，有一次有上百个郁金香球根被人偷走。

"采花大盗"的出现证明郁金香买卖的兴盛，1610 年巴黎女子们就以拿郁金花当胸花为时髦，球根贸易和种植成为有利可图的商业行为。1634—1637 年间终于出现了有名的"郁金香热"，一株珍奇郁金香最靠价格达 1600 荷兰盾，各种球根成为投机客竞相追逐的投资对象，当价格暴跌后许多富裕商人一夜之间成为乞丐。这架势有点像是 1980 年以来中国兴起的炒作君子兰、邮票、普洱茶、红木等投机热潮，在起起落落中上演了许多悲欢离合。

有意思的是，近代西欧培育出很多杂交的新郁金香品种，反倒开始向土耳其出口郁金香球根。18 世纪初的奥斯曼土耳其君主艾哈迈德三世就以举办奢侈的郁金香舞会著称，每当郁金香开花的时候他就召开大型舞会，在塔楼上以众多郁金香花作装饰，客人们要穿与花朵匹配的服饰，而照明的灯光来自缓缓行走的大乌龟背上驮着的大蜡烛。

郁金香花原是纯色的，但是当人们竞相追求花色特别的郁金香后，各路人马都开始培育杂色花纹的植株。20 世纪 30 年代植物病理学家研究证实，杂色郁金香的花纹最初是由蚜虫传播的一种病毒感染造成的结果，通常病症是叶子变黄，鳞茎变小直至死亡。不过这种杂色花纹却激起荷兰花农培育出可以稳定遗传的两色郁金香的渴望，用杂交的方法育成名为"Keizerkroom"的红黄两色郁金香。近年还培育出花瓣灿烂如鹦鹉羽毛的三色鹦鹉郁金香、形似牡丹的复瓣牡丹郁金香。

虽然郁金香在阴湿的荷兰是那样出名，但是凡·高没有画过它，反倒跑到阳光明媚的法国阿尔去画向日葵和鸢尾。也许，在日光中盛放的、张开的花朵比娇柔的郁金香花苞更能刺激他的艺术敏感。对凡·高来说法国南部的阳光也是一种特异的情调，连当地最有泥土气的花朵也能打动他的心灵。

手拿郁金香的夫妻肖像　木板油画　82.5cm×65cm
1609 年　米雷费尔特（Michiel Jansz van Mierevelt）

曾有个流传甚广的故事，说第二次世界大战期间，有一年冬季荷兰闹饥荒，很多饥民便挖出郁金香的球根来作食物维持性命，后来他们感念郁金香的救命之恩，便以郁金香为国花。这显然是不可能的，因为郁金香的球茎有一定毒性，吃了会引起呕吐、拉肚子，接触花朵、叶子也可能出现过敏，所以我想荷兰人没必要自找麻烦，在填饱肚子这方面土豆比郁金香更靠得住。

现在，郁金香是欧洲很多公园的主流花木，有一年十月份我在德国波茨坦看到工人忙着种圆锥形的郁金香鳞茎球，它们要在土壤下休眠半年，来年三月才从地下伸展出茎叶，四月才开花。郁金香的花像高脚杯站在花茎顶上，有鸡蛋那样大小，最常见的是黄、红、紫色，但是几百年来园艺学家培育出了杯型、碗型、卵型、球型、钟型、漏斗型、百合花型等各种形状，白、粉红、洋红、褐、橙等各种颜色的品种。19 世纪法国作家大仲马还在传奇小说《黑色郁金香》里写过人们如何争夺这种"艳

郁金香苗圃　布面油画　65.4cm×100cm　1882年
让-莱昂·杰罗姆（Jean-Leon Gerome）　巴里摩尔沃特艺术博物馆

这幅画作描述荷兰郁金香投机期间一个贵族看着军队在抢夺郁金香。那时候荷兰种植郁金香是项生意，很多人投资用于再配郁金香种子出售获利，因此涉及很多经济和司法事件。

丽得叫人睁不开眼睛，完美得让人透不过气来"的奇花，其实就是人工杂交培育出来的暗紫色花而已。

19世纪日本人翻译西方植物名称时首先用"郁金香"翻译"tulipa"这种植物，后来也被中国人所采用。19世纪末上海已经引进欧洲的郁金香球根加以种植，从20世纪30年代起，庐山、南京、北京、上海、广州从欧、美、日引进郁金香布置花坛或者在花店出售，除了郁金香这个嫁接传统典故的名字，一般还俗称为"洋荷花""旱荷花"，因为它花苞独立而又艳丽的样子类似荷花。1977年，荷兰女王贝亚特丽克丝访问中国时，曾将郁金香作为礼物赠送，种在北京的中山公园内。但是它真正流行起来还是在1990年以后，随着中国城市建设飞速发展，很多城市都引进这种便于统一规划安置的花木作园艺花样。

现在中国的花园也学习欧洲，常用不同颜色的郁金香花配植成几何图形的花坛，或分品种成片种植在草坪、林内、水边，许多人开始喜欢这种大面积的、密集而饱满的花卉之美。而从中国明清的文人美学来说，这种密集、齐整的布局缺乏雅趣和韵味，如果李渔、袁枚复生，恐怕要直呼"俗甚"吧。■

紫罗兰 手绘图谱 1772年 尼古拉斯·雅次（Nikolaus Joseph Freiherr von Jacquin）

紫罗兰
命名的误会

> 幽葩叶底常遮掩，不逞芳姿俗眼看；
> 我爱此花最孤洁，一生低首紫罗兰。
>
> ——周瘦鹃《紫罗兰》

民国文人周瘦鹃是"鸳鸯蝴蝶派"作家，也是一位著名的园艺家。周瘦鹃如此喜欢"紫罗兰花"，是因为他上中学时爱上的女生周吟萍英文名字是"Violet"，当时汉译的意思就是"紫罗兰"，他们两人情书往还，情意绵绵，可惜最终因为家庭阻挠，有情人未成眷属。此后，周瘦鹃一生钟情这三个字，不仅案头清供紫罗兰花，朝夕相对之余还把自己写的书起名《紫罗兰集》《紫罗兰外集》《紫罗兰庵小品》《紫兰小语》《紫兰芽》，真如他所说，他后来的生活"始终贯串着紫罗兰这一条线，字里行间，往往隐藏着一个人的影子"。

煞风景的是，如今植物学家把周瘦鹃眼中的紫罗兰赋予了一个一点也不浪漫的汉语学名"香堇菜"（*Viola odorata*），在植物分类学家看来，它与十字花科紫罗兰属的植物紫罗兰（*Matthiola incana*）是两种不同的植物，外形也不同。

植物学家说的"紫罗兰"是紫罗兰属植物的统称，这一属的植物有四五百种，在包括中国在内的北半球温带地区分布很广泛，花色也有紫色、白色、粉色、黄色多种。观赏用的紫罗兰花原产于地中海到土耳其之间的广大地区，20世纪初才被引入中国，当时有英文名的音译"四桃克"（stock），也有中式的称呼"草桂花""紫罗兰"，它能长到半米高，叶片狭长，原始品种开的花是紫红色，后来人们栽培出繁多的颜色和各种重瓣品种。

而堇菜科堇菜属的植物有早开堇菜、紫花地丁、香堇菜、三色堇等五六百种，其中香堇菜原产欧洲和西亚地区，全株十几厘米高，叶片是心形并带有锯齿边缘，最常见的花冠是紫色，具有馥郁的香味，自古就是南欧人喜欢的香花。它的英文名称是"violet"。因为从维多利亚香堇（victoria）、帕尔玛香堇（parma）的花瓣和叶子中提取的香精价格太高，现在多数香水使用的其实都是化学合成的香精。

在中国古代没有"紫罗兰"这个名称，但有用紫色染料做成的布料，可以做成"紫

香堇菜　手绘图谱　1761—1883年　乔治·欧德（Georg Christian Oeder）

罗裙""紫罗衫""紫罗囊""紫罗巾"等,在古代诗文中常见。元代还出现了"紫罗襕"这种衣服,后来明代万历年间出版的《草本花诗谱》中记录当时人们把一种紫色的花称作"紫罗襕花",从插图可见指的是十字花科的植物二月兰（*Orychophragmus violaceus*）。二月兰和香堇菜同属于十字花科,常见的也是紫色的花朵,确有类似之处,近代日本人首先把香堇菜的拉丁名称翻译为"紫罗襕花",民国时期的中国人受到日本术语体系的影响也就称之为"紫罗兰"了。

紫罗兰花瓣薄如罗、香如兰,让本来在欧洲就有爱情象征意义的它和中国人传统兰花的优雅象征世界建立了关系。对民国时的人来说,"紫罗兰"带着某种浪漫情调和娇柔色彩,喜爱紫罗兰的主要是女孩子,"紫罗兰"的化妆品、饰物、小店在当时的上海也有出现。

到图书馆看周瘦鹃 1925 年 12 月创刊的《紫罗兰》杂志,你会发现和鲁迅式严肃文学不同的一个文化世界:这里有翻译的屠格涅夫短文、卓别林电影的评论,也有侦探小说、政治轶事、生活小常识和俏皮歇后语,这是市民阶层和学生群体们喜欢的趣味化的文艺杂志,类似今天的《读者文摘》《美文》的杂交体。如今红得发紫的张爱玲女士的处女作《沉香屑:第一炉香》也发表在 20 世纪 40 年代的《紫罗兰》杂志上。

周瘦鹃也是那个时代有名的园艺家,常写花木方面的文章,1935 年他在苏州购地自建园林"紫兰小筑",又叫"紫罗兰庵",里面的花台也叫紫兰谷。1949 年之后,他只好写《花前琐记》《花花草草》这样的散文小品,即便这样也难逃"文化大革命",他的花园被夷为废墟,书画诗文流离失散,1968 年 7 月 18 日,不堪凌辱的他在紫罗兰庵里投井自尽。

为了避免混淆,当代植物学家在《中国植物志》等著作中对香堇菜和紫罗兰进行了区分,但是在民间,很多人仍然把香堇菜称为"紫罗兰",反映出"民间习惯命名"和专业学者圈的"科学体系定义"的有趣差别。对植物来说,叫什么名字有时候对它的流传有着重要的作用,"紫罗兰"显然更朗朗上口,更能刺激人的想象力,而植物学家给它起的名字"香堇菜"就有点村俗气息了,要是周瘦鹃当年给自己的杂志取名叫《香堇菜》的话，恐怕卖不出去几本吧。

野生的香堇菜在地中海的山岩峭壁到处都有，西班牙、意大利、希腊城墙的缝隙或废墟石壁也随处可见到这种花，因此它有个英文别名叫"墙之花"（Wall Flower）。它的花瓣铺张为十字形状，有粉、紫、白、淡黄不同颜色的种类。我在西班牙古都托莱多一个雕刻家的窗外看到过窗口的一大盆香堇菜，芬芳的香气在屋子里也可以闻得到。

香堇菜的香味来去倏忽，这也是它独特的魅力，有专家说可能是因为这种香味里含有碘，刚闻到一点就会抑制人的嗅觉能力，所以时不时要中断一下才能重新闻到它的芳香。

刚长出的香堇叶子可以当菜吃，法国图卢兹有一种蜜饯香堇甜点，是用蛋清、

《紫罗兰》杂志封面　周瘦鹃 1925 年创刊主编

糖调的稠汁和新鲜香堇花瓣来回搅拌、晾干制成的。欧洲好多地方用香堇花瓣作沙拉、热菜和甜点的配饰，搁在盘子边上，据说可以带给食物馨香。

在中世纪香堇菜象征谦逊，因为它的花害羞地藏在叶子下面，这种美德让一些人联想到耶稣基督的母亲玛利亚在教会神学中的位置。当然，这种花的生命力很强，在各地蔓延的速度很快，就像教会在不断发展一样。这主要是因为它是极少数可以闭花受精的植物，不需要蜜蜂、风力的帮助就可以自己授粉繁育。

另外它也是不朽、复活和春天的象征，据说希腊神话里地狱之王爱上处女珀耳塞福涅（Persephone），有一天珀耳塞福涅走过一片长满紫罗兰的田野时被抓入地狱，导致土地荒寂。因此古人要通过祭祀来请求地狱之王同意珀耳塞福涅在冬天过后走出地面，带来春天。中世纪德国南部一些地方的人要把刚开的香堇菜挂在船桅上，

香堇菜、报春花和其他春天的花　浮世绘　20.6cm×18.7cm　久保春满　19世纪初　纽约大都会博物馆

表示庆祝春天回来。

16—17世纪从地中海进口的香堇菜在英国人的花园中非常流行，16世纪的英国草药师约翰·吉拉德（John Gerard）在自己的书里说香堇菜的发明权属于希腊神话里的主神宙斯，他和人间的阿尔戈斯国王的美丽女儿偷情，如果赫拉来，他就立即把她变成小母牛，为此他还创造出甜美的香堇菜让小母牛能饱餐一顿。现在看这故事多半出自他的编撰，可是，古希腊人讲的那些神话很大程度上也是虚构的，再说，这位草药师的想象也没有中世纪教士对教会神学的构想宏大而荒诞。也许所谓"文化"，多半是像莎士比亚所言，是"给纯金镀金，替百合抹粉，在香堇的花瓣上洒香水"。

把香堇菜和爱情联系起来很可能与它可以制作香水有关。香堇菜花朵的淡淡幽香早就受到女士们的青睐，中世纪时候有人爱佩戴包有薰衣草或香堇菜的香包。后

爱丽丝的选择　约1864年
乔治·弗雷德里克·瓦茨（George Frederick Watts）
英国国家肖像画廊

爱丽丝必须在以艳丽无味的茶花为象征的世俗虚荣，和以谦逊但芳香的香堇菜为象征的高贵之间做出选择。

来它也成为制作香水的原料。据说法王路易十六的皇后玛丽·安托瓦内特喜欢带有它味道的香水，后来陪夫君一起上了断头台，十多年后暴民们又欢天喜地迎来新皇帝拿破仑，新的皇后约瑟芬也同样喜爱香堇菜味道的香精。

19世纪的浪漫文人编撰了许多关于拿破仑和香堇菜的说法，诸如从厄尔巴岛逃出来复辟的时候曾经去马里美宁城堡约瑟芬的墓前献上一束香堇菜，很快他再次遭遇失败，在最后的流放地圣赫勒拿岛死去的时候人们发现他保存的小盒子里有两朵枯萎的香堇菜和一绺浅栗色的头发，前者代表他对妻子的爱，后者则是他爱子的胎发。

实际上，拿破仑和约瑟芬的关系远比这些故事说的复杂，南征北战的拿破仑和约瑟芬各自有自己的情人，后来还因为约瑟芬无法生育而离婚。但如果历史只有这些僵硬的日期和人物的话也太无聊，真相有时候扑朔迷离。记得拿破仑曾在圣赫勒拿岛上给友人写信说："我真心爱我的约瑟芬，但我不尊重她。"他在埃及远征的时候说过的另一句名言是："权力是我的情妇。"■

鸢尾墨蝶图　纸本设色　25.3cm×18.4cm　1920年　齐白石　中国美术馆

鸢尾花
凡·高的田野

不是所有的花都有灵魂，

唯有，玫瑰，是恋人的回忆，

百合花，是人们的祈祷，

杜鹃花，把自己交给风，

鸢尾花，是品达的彩虹，

……

20世纪初的诗人佛罗伦斯·泰伯·霍尔特（Florence Taber Holt）眼中，鸢尾花是少数可以触及人们灵魂的美妙花卉，是古希腊诗人品达心目中的霓虹女神的象征。鸢尾花是南欧常见的花木，比如春天去佛罗伦萨郊野就能看到紫色鸢尾花在花田开放的场景，一朵朵就像蝴蝶落在青绿的叶片之间。

很难想象如今这座以旅游业著称的城市在19世纪还是个工业小城，当时加工鸢尾花曾经是佛罗伦萨商人的主要产业，三个工人一天可以栽种5000株花，等到秋天他们还要挖出鸢尾的根茎，削皮、晒干以后卖给香水厂去提取香精，里面含有的鸢尾酮能散发香味，是调制香水的重要配料。

实际上，凡·高在法国小城南部阿尔绘制的鸢尾花，也是为了制作香水这一经

鸢尾花　布面油画　71.1cm×93cm　1889 年　凡·高（Vincent van Gogh）
洛杉矶保罗·盖蒂艺术中心

《鸢尾花》是凡·高去世的前一年在法国圣·雷米的精神病院住院期间所画。构图上，左下前景的鸢尾花与左上角的一簇野菊呼应，野菊的赭红与鸢尾花的蓝透露出一种带着忧郁、躁动的情绪。二者相接处，有一白色的鸢尾花，朵大，茎长，花蕊正对前方，成为画面的亮点，只是在一片一簇中显得突兀——特立独行孤傲的身影，彷徨于躁动和忧郁而前方没有路。1892 年此画以 300 法郎成交，百年后的 1988 年，保罗－盖提博物馆在拍卖会上以 5300 万美元购得此画。

济目的而大面积种植的。凡·高一生绘制了好几幅有关鸢尾花的作品,恰好印证了他生命的最后岁月。1888 年创作的《阿尔勒的景色》前景是鸢尾花,描绘了村镇一角的花田,可以看到,这件作品散发的还是静谧的乡野气息。到了 1889 年 5 月他因为癫痫病到圣雷米的精神病疗养院中接受治疗,在医院的庭院、常去散步的野外仍然可以看到鸢尾花,他 1889 年创作的一幅《鸢尾花》直接描绘了一丛开得正茂盛的鸢尾花,左下前景的鸢尾花与左上角的一簇野菊呼应,野菊的赭红与鸢尾花的蓝透露出一种带着忧郁、躁动的情绪,歪歪斜斜的有点扭曲。

1890 年是凡·高的最后一年,5 月鸢尾花开得正艳的时候,他在即将离开疗养院之前的一周内创作了四幅花卉静物画,其中就包括两幅描绘瓶子中的鸢尾花的作品,一幅黄色背景与蓝色花束产生强烈的互补对比效果,另一幅淡蓝花束与粉色背景营造出更和谐温柔的情调。据研究,凡·高这一时期使用的合成颜料中有一种以"水

花瓶里的鸢尾花　布面油画　73.7cm×92.1cm
凡·高(Vincent van Gogh)　纽约大都会博物馆

白铅矿"为原料的红色颜料,这种物质与空气中的二氧化碳接触会逐渐分解成白色晶体,导致这些作品中原来红色都出现了严重的"褪色",比如蓝白色调的那张《鸢尾花》的背景色应该是红颜料和白颜料调和成的粉色,而现在看上去几乎完全是灰白色了。

鸢尾科包含 200 多个种、几千个品种的花木,原产地几乎遍布整个温带世界,所以各地都有自己的栽培品种。这个庞大家族里植物的共同特点是都由 6 个花瓣状的叶片构成的包膜,3 个或 6 个雄蕊和花蒂包着的子房组成。

当代中国人最常见到的是从国外引种的、四五月开花的蓝紫色鸢尾花。而以前中国曾先后栽培过的鸢尾类植物包括乌鸢、蝴蝶花、玉蝉花、溪荪、马蔺、花菖蒲、唐菖蒲等几种。东汉末期《神农本草经》中记载有一种植物叫"乌鸢",具体指哪一种花并不是很确定,但到了南北朝的时候有一种形如鸢尾(老鹰尾巴)的"鸢尾"已经出现在古人的花园里。

目前中国的园林里常见的鸢尾类植物大致有以下几种:

"花菖蒲"或者"玉蝉花"(*Iris ensata*),原产东北亚,爱长在水边湿地上,每到六七月开出深蓝紫色或者红色的花朵;"射干"(*Belamcanda chinensis*),叶子要比花菖蒲的高,一般开短管形状的橙色花朵,上面还有紫红斑点;"唐菖蒲"(*Gladiolus gandavensis*),又名"剑兰",它并不是兰花,只是岭南人因其叶似长剑而起的名字,这种花盆栽不大美观,但却是广受欢迎的切花,其中最有名的品种是英国人 19 世纪从南非带到英国栽培的,因为它紫红色的花大而美丽,似蝴蝶在花丛翩翩起舞,所以很快就成为流行的花卉,常栽在公园的水池或湿地中观赏。这种"剑兰"长得比其他常见的鸢尾属植物高很多,叶片较窄且长,开花期也不同。

至于青翠的叶片和唐菖蒲类似、也爱长在水边的"菖蒲"(*Acorus calamus*)则是天南星科的植物,在亚洲各地常见,它和鸢尾科的植物没有多大关系。菖蒲夏秋季开的花像黄褐色的蜡烛棒,但重要的是它的花、叶、茎都散发出香气,可以做香料、入药、制酒,古人也用它来辟邪,唐代以后每到端午时节除了门上插艾以外,一些地方也插菖蒲。而在国外,古埃及人 3000 多年前就提到菖蒲可以入药。

如今鸢尾花在世界范围内成为流行花卉是欧、日、美等地的园艺家推动的，1600年以后他们不断在世界范围内移植、嫁接、杂交，培育出上千种新品种，比如中国的花菖蒲原来并不是用作园林观赏的，近代传入日本以后日本园艺家进行选育，造就了一些新品种，又传到欧洲，不断改良以后就发展出几百个品种，而整个鸢尾类的花木品种已经超过两万个。

最早栽培鸢尾花的是古埃及人。公元前1479年左右，埃及国王图特摩斯三世的花园里就有这种花，它和莲花、百合花、棕榈叶一起组成埃及神庙上"生命之树"的图案。埃及人和印度人还用它的根茎入药和做香料。

闲庭漫步　浮世绘木刻彩印　1888年　月冈芳年

路易十五在五岁时的肖像　布面油画　189cm×135cm　1715 年
亚森特·里戈（Hyacinthe Rigaud）　凡尔赛宫

鸢尾花的希腊文名字 iris，来自希腊神话里有金色翅膀的彩虹女神爱丽丝（Iris）。她是众神与凡间的使者，当善良的人逝世时她将前来引导他们的灵魂沿着彩虹桥上升到天国，所以希腊人常在女性的墓地上种植鸢尾或在墓碑上刻上鸢尾花图案，希望它能引导亲人到天堂安息。也许是因为这种花有红、橙、紫、蓝、白、黑各种颜色，和彩虹有点类似吧。

鸢尾花在中世纪的基督教神学体系里也有小小的席位，因其三片花瓣的形象，被认为是三位一体（Trinity）的象征，又传说它是圣母玛利亚甚至夏娃的眼泪落地生成的。

相传法兰西王国第一个王朝的开创者克洛维皈依基督教受洗礼时，梦见上帝派遣天使送给他一朵鸢尾花。另一种说法是鸢尾花救过他的命：当敌人追击他的时候他看到一道彩虹从莱茵河上升起，指引他趟过河水摆脱了敌人追击，因而他用香根鸢尾（fleur de lis）旗帜替代了之前使用的青蛙图腾。但中世纪基督徒编撰的史书——许多情节可以当小说看——中并没有出现鸢尾花或其他的花，只是说克洛维一世原来信仰本部族的阿里乌教派，信奉基督的妻子劝说他皈依基督教曾遭到拒绝。496年他与进犯的阿勒曼人对垒时一开始打了败仗，危难之际他便向基督教的上帝发誓如果能转败为胜就带法兰克人皈依。接下来阿勒曼军中突然发生内乱，克洛维不战而胜，于是他就在当年圣诞节率领 3000 名法兰克士兵接受洗礼，皈依了基督教。

无论法国王室徽章的起源是怎样的，随着王室地位的上升，关于王室徽章的说法也越来越神乎其神。尽管其图形更接近鸢尾花，但当时多数人都叫这种花为"金百合"或"法兰西百合花"——主要原因是这时候百合象征圣母玛利亚，宗教意义更为神圣。一眼看去鸢尾和百合似乎都有六枚"花瓣"，可实际上它们是不同属的植物，鸢尾的花瓣只有 3 枚，外周那 3 瓣是保护花蕾的萼片，由于长得酷似花瓣会让人产生误会。此外，鸢尾的中央三个花瓣向上翘起，周围三个萼瓣是半翻卷的，而百合花的花瓣一律向上，也显得更为厚实一些。■

狭叶薰衣草 手绘图谱 1806年 雷杜德（Pierre-Joseph Redoute）

薰衣草

香水的秘密

> 燕脂画面娇千样,龙麝薰衣峭百般。
> 今日风流都不见,绿杨芳草髑髅寒。
>
> ——宋·释怀深《枯髅酒色财气颂》

北宋末期的僧人释怀深创作的这首《枯髅酒色财气颂》感叹历史上那些以胭脂装点面容,以珍贵的龙脑香、麝香薰衣服的风流美人都免不了尘归尘、土归土,以此劝解世人要看破酒、色、财、气的虚妄。在欧洲,罗马帝国后期基督教也曾反对罗马贵族采用香料泡澡、装饰的风气,可这无法阻止人们对香味的持续迷恋。

一直到今天,香水制造仍然是一大产业,比如法国南部的普罗旺斯以种植薰衣草和出产香水出名,在 20 世纪后期还成了热门的旅游地点,许多人特地前往那里观赏薰衣草的蓝色身姿。

唇形科薰衣草属的芳香植物在地中海地区、西亚、南亚地区都有分布,有三十多种,因为它们的气味芬芳怡人,是药草园中最受喜爱的一种,有"芳香药草之后"的称誉。这是地中海沿岸、美国及大洋洲列岛常见的观赏植物,我在西班牙人的庭院里见过好几种不同花色的,蓝紫色、粉红和白色的都有。薰衣草虽然称为草,实际吸引人欣赏的还是它那紫蓝色的小花,形成花穗生于茎的上部,能闻到一丝丝香味。尤其是风吹起，一整片薰衣草宛如紫色的波浪随风起伏的时候最为动人。它的花、叶和茎上的绒毛均藏有油脂腺，轻轻碰触，油腺即破裂而释出带有木头甜味的浓郁香气。

多数蓝色和紫色薰衣草原产欧洲南部地中海地区，粉红色薰衣草分为法国薰衣草（*Lavandula stoechas*）和狭叶薰衣草（*Lavandula angustifolia*，又称英国薰衣草，其实也是从南欧传入英国的）。普罗旺斯最常见的是耐寒的狭叶薰衣草和长穗薰衣草（*Lavandula latifolia*）杂交选育出来的混种薰衣草，因为它花大，香精量大。狭叶薰衣草也常被用来提取高级香水，它的叶子较细、花穗较短，也常被用来提取高级香精。

在古埃及国王图坦卡蒙陵墓发现的按摩油和药品中有一种成分像是薰衣草，可能在当时只有王室成员和祭司才能使用它来涂抹尸体作为防腐剂，也许那时候就开始人工种植了。希腊人从埃及人那里学会如何使用这种香草，他们喜欢用薰衣草提炼的油膏来涂脚。古希腊人把薰衣草油膏称为纳德斯（nardus）或纳德（nard）——这个名称源自叙利亚人当时控制的一个叫纳达（Naarda）的城市，也许中东这些部落是最早开始大批种植薰衣草并制作精油出售的，当时薰衣草是和藏红花、肉桂、没药、芦荟并称的珍贵香料。希腊医生泰奥弗拉斯托斯（Theophrastus）论述了这种油膏的气味具有的"治疗性"，这也许是芳香疗法的源头之一。希腊哲学家第欧根尼宁愿在脚上涂油而不是像埃及人那样在头上涂抹，他认为这可以让自己全身舒泰。

罗马人又从希腊人那里继承了这种爱好，权贵们的身体、头发、衣服、床都用薰衣草香精喷洒，散发出芳香的味道，他们会将薰衣草等香草一起放到洗澡水里泡澡，薰衣草的拉丁名称 *Lavandula* 的意思就是"洗"。他们还把薰衣草当驱蚊剂、用来调味，甚至把干薰衣草当作烟草抽。所以当时薰衣草已经是大量供应的商品，一磅薰衣草的花可以卖到一百迪纳里，这个价钱约等于当时佃农干一个月活的所得。当罗马帝国占有高卢（即今天的法国）以后，就在南部大面积栽种薰衣草，大量出口到罗马城。

古罗马人还重视薰衣草治疗疾病和防腐的功能。尼禄手下的军医迪奥斯科里季斯（Dioscordes）记载说，内服薰衣草制剂可以缓解消化不良、头痛、喉咙痛，外用的话可以清洁伤口和治疗皮肤烧伤，当时罗马士兵已经用它来敷裹外伤——第一次世界大战期间这也是士兵常用的伤口敷料。

在罗马帝国解体以后的几个世纪里薰衣草的使用大大减少了，只有一些基督教僧侣还在修道院种植和研究它的草药作用。7世纪以后反倒是阿拉伯医生们对薰衣草促进伤口愈合的作用有所研究，他们对薰衣草的重视也从西班牙、西西里等地传播到欧洲其他国家，这才让西欧人开始重视起来。

12世纪德国的草药师宾根尼德发现薰衣草香精可以驱除头虱和跳蚤，也可用它来治偏头痛。一些地方的人以为薰衣草可以防止邪恶入侵，所以常挂在门前。文艺

插图 黑死病爆发期间瘟疫医生穿鸟喙装以防感染 1656年 保罗·福斯特（Paul Furst）印制

复兴时期薰衣草被用作装饰品，富人拿薰衣草香精作为消毒剂和除臭剂。

16世纪黑死病肆虐的时代，流传着法国格拉斯制作手套的工人因为常以薰衣草油浸泡皮革得以逃过鼠疫的故事，当时很多人以为这种草可以防疫，一度推倒果树大量换种薰衣草。这个故事也许有一点真实性，就是薰衣草可以驱除跳蚤，有助于预防跳蚤传播的鼠疫病菌。因需求量日增，16世纪末法国南部地区开始大量栽培薰衣草。

据说薰衣草可以治疗头痛，所以16世纪晚期患偏头痛的英国伊丽莎白女王常常喝薰衣草泡的药。这让薰衣草种植在英国逐渐扩大起来。1665年伦敦黑死病肆虐的时候人人都惊恐地在手上绑一束薰衣草来保护自己，并储存薰衣草精油以抵御疾病。这就让薰衣草价格节节走高，以致小偷们破门而入的时候也把它带走卖钱。17世纪，英国的清教徒也把欧洲薰衣草带到北美洲种植。18世纪，伦敦南区的熏衣山、法国的普罗旺斯、格拉斯附近的山区都以遍布的薰衣草田而闻名，并成为旅游胜地。

英国19世纪的维多利亚女王喜欢薰衣草，用它来清洗地板、家具、床单，女王带动了英国上上下下的热情，薰衣草几乎出现在每家药草园中。当时情人间流行将薰衣草赠送给对方，以表达爱意。伦敦的吉卜赛小贩满街出售薰衣草制作的香包之类，也许那些神奇的治病故事就是从他们那里流传出来的，在他们口中这种草几乎无所不治，从头痛、神经错乱、蚊虫疯狗叮咬一直到壮阳，新婚夫妇也可以用薰衣草香袋来催情！这种需求刺激了商业性种植的大发展，伦敦郊区的米切姆就是当时的香精生产中心，可是后来随着工业和金融业的发展，地价逐渐升高，英国变成了一个薰衣草香精进口国，而法国成为最大的薰衣草产品出口国。

现在法国每年生产大约1000吨薰衣草精油，去法国南部旅行的话会发现薰衣草是无处不在，从香水到洗洁精、蜡烛、干燥花香囊、薰衣草蜂蜜、薰衣草果酱，法国和其他一些西欧国家的厨师还将它用在食品里作为辛香料以及蛋糕的装饰。

虽然薰衣草油膏早在汉代已传入中国，香水也在晚清引入，但种植薰衣草在中国却很晚。1963年由原轻工部组织，北京植物园引进试种杂交薰衣草，后来在我国上海、北京、陕西、云南、河南和新疆等地也进行了多年的试种和栽培。由于新疆的伊犁地区气候条件与法国南部山区近似,于是在伊犁农四师的 65 团、70 团、71 团、69 团等地进行规模化的栽培和加工,现在伊犁薰衣草种植面积已达 2 万多亩,仅次于法国普罗旺斯和日本北海道。当地还创办了自己的薰衣草文化节,每年六月中下旬也是一片紫色的花海,颇为壮观。可伊犁距离人口密集、经济发达的东部大都市太远,去游览的人并不算多。

21 世纪初,中国城市消费文化潮流中,薰衣草突然成了一种优雅生活方式的象征,许多人开始讲究使用薰衣草产品乃至养薰衣草花。好多城市的郊区都开发了薰衣草园供游客们观赏和拍照,大多只不过是几亩十几亩地种着一片薰衣草,让人们可以拍出美好的照片。■

牵牛花图（《花卉图册》八开册页之一）　纸本设色　29cm×23cm
清代　邹一桂　天津博物馆

牵牛花
乡土的气息

望远云凝岫,妆余黛散钿。

缥囊承晓露,翠盖拂秋烟。

响慕非葵比,彫零在槿先。

才供少顷玩,空废日高眠。

——宋·司马光《花庵多牵牛清晨始开日出已瘁花虽甚美而不堪留赏》

牵牛花在宋代才受到注意,北宋名人司马光写了《花庵多牵牛清晨始开日出已瘁花虽甚美而不堪留赏》这首诗,显然觉得这种花没有什么值得夸耀的特点,欣赏它等于白白浪费好日子。到了南宋文人陈宗远那里,牵牛花才显得可爱了点,他在《牵牛花》中写的是农家篱笆上攀爬的牵牛花:

绿蔓如藤不用栽,淡青花绕竹篱开。

披衣向晓还堪爱,忽见蜻蜓带露来。

之前人们注意到牵牛花是因为它的种子是药材。6世纪初南朝的道士、医药家陶弘景在《名医别录》中记载牵牛花种子可以入药,等到初秋的时候牵牛花会结出球形的小果实,里面有卵状三棱形的种子,黑色的叫"黑丑",米黄色的叫"白丑",不是说它们长得丑,而是因为"丑"是牛的代称。中医拿它们做药物,据说有泻水利尿的功效。现在的药理学家测定说这"二丑"里面含有各种酸、碱成分,的确有泻药的作用,但也有毒副作用,最好不要随便口服。

古代诗人们咏叹牵牛花和牛郎织女的浪漫传奇,因为每年七夕节前后正是牵牛花绽放的时候。可是李时珍在《本草纲目》中记载了一个朴实得多的故事,说是用牵牛花种子做的药效用好,农夫牵着牛来换药,所以人们就叫这种花为"牵牛花"。

元代著名的文人画家倪瓒对牵牛花格外钟爱,曾经在两首诗歌中提及牵牛花,其中《秋容轩》写到自己的书斋花木:

碧花翠蔓引牵牛,丛竹黄葵意更幽。
不用田畴三日雨,已输穤稏十分秋。

另一首《客舍咏牵牛花》:

小盘承露净铅华,玉露依稀染碧霞。
弱质幽姿娱我老,傍人篱落蔓秋花。

牵牛花在清代也成了画家描绘的题材,乾隆皇帝似乎也比较喜欢牵牛花,他曾在邹一桂绘制的《花卉卷》、钱维城绘制的《塞外秋花九种》上题诗歌咏牵牛花,其中一首颇有情思:

睍彼幽姿篱落旁,露虫相吊倍凄凉。
碧天夜泻银河水,引出相思蔓许长。

邹一桂是恽寿平的女婿,得其真传,擅长工笔花卉画,曾多次绘制牵牛花,他在朝廷为官时曾精心绘制百种花卉，每花题一诗，集成《百花卷》进呈乾隆帝，引起乾隆帝的兴致，也一连为《百花卷》题了百首绝句。

乾隆初年的另一位宫廷画家蒋廷锡也画过好几幅作品牵牛花题材的作品，如现在南京博物院所藏蒋廷锡《海棠牵牛图》就是一幅没骨法与勾勒法并用的佳作，画中牵牛花朵用墨线勾勒，花瓣略作晕染，看上去雅致而细腻。

现在中国的园林、花园里种植的多数都是"矮牵牛"。从现代植物分类学来看，牵牛（*Ipomoea nil*）为旋花科牵牛属植物，原产各大洲的热带地区，同属植物多达上千种，有个特点是清晨开花，中午凋谢闭合，藤蔓矮趴在地上走，一般六月以后开花。而矮牵牛（*Petunia x hybrida*）为茄科碧冬茄属植物，它可以长到二三十厘米高，四月就可以开花。

作为园艺品种的矮牵牛，是由野生的直立性腋生矮牵牛（*P. axillaris*）和匍匐性青紫矮牵牛（*P. integrifolia*）杂交培育而成的，直立性腋生矮牵牛于1823年由南美洲引进巴黎，匍匐性青紫矮牵牛的样本则于1831年被送到英国的植物园，杂交成功以后就成为世界各地花园里的常客。中国大概是20世纪初才从日本引进过一些，因为花朵也是类似牵牛花的小喇叭形状，所以大家习惯上也叫"牵牛花"。

中国的牵牛花在唐代被遣唐使作为药材带回日本，奈良时代以及平安时代主要入药，但是到江户时代是特别流行的园艺植物，《源氏物语》里就提到，诗人松尾芭蕉也写过自己墙根开着的牵牛花，这是日本人说的"秋七草"之一。

日本人爱赏这种他们称为"朝颜"的小花，大约是因为它生命力强，每天早上总能看到又在枝蔓的那个地方冒出几朵来，给人一些小小的惊喜吧。他们不断栽培杂交，在日本宽文四年（1664年）的手抄本《花坛纲目》中已有了白色的牵牛花品种，此后又陆续培育出其他花色的变种；到19世纪初已经有上百种新品类，后来还培育出好多花色奇特的牵牛花，比如栗褐色、白色花瓣上有一道紫纹的，一半蓝色一半紫色的，等等。有一种叫"狮子牡丹"的，花形甚至不是喇叭形，而是呈多条丝状。至于大花牵牛花的花径可达20厘米以上，是正常花朵的三四倍。现在中国许多公园里种的开大花的裂叶牵牛也是20世纪引进的日本品种。2014年还有新闻说日本

朝颜图屏风（左右各六扇之右侧六扇）纸本设色、金箔　178.3cm×379.7cm
铃木其一　19世纪　纽约大都会博物馆

的生物学家通过向牵牛花中植入金鱼草基因，成功培育出了黄色的牵牛花。

牵牛花在中国、欧洲、美国好像没有在日本园林里地位那样高，也没有引起那么多感叹，宋代诗人写的都是乡镇上野生的牵牛花，一直到晚清还只有蓝色和紫红这两种原生的花色，可见是少有人拿回家去培育的。

中国爱牵牛花成痴的第一人是京剧大师梅兰芳，传说他从小就爱看花，22岁自己动手培植，秋养菊，冬养梅，春天养海棠、芍药和牡丹，夏天养的是牵牛花。他先是在朋友齐如山的花园里看到有几种牵牛花的颜色非常别致，如赭石色、灰色以及杂色，都是从日本引进的新品种，齐如山说牵牛花在晨光熹微时开放，这时候起来赏花还有督促人早起的好处，一向要早起练功的梅兰芳也就依言开始栽种。他的四合院足够大，宅院内常年栽种有几百种牵牛花，甚至自己也培育过新品种。1924年梅兰芳去日本时还专程到东京都台东区的植物园参观，将新品种引种到自己的花圃。他也从日本引进过原产美洲的矮牵牛，可以开出许多五颜六色甚至带斑纹的花朵。

梅兰芳还请齐白石来画过好几回自己养的牵牛花，在农村长大的齐白石对牵牛

牵牛花：乡土的气息

牵牛花（『三十六花撰』之东都入谷朝颜） 浮世绘木刻彩印 36.8cm×23.7cm 1866年 喜斋立祥

花这种乡野常见的草花自然不陌生,可第一次见到梅家花大如碗的进口矮牵牛也感到惊讶,"百本牵牛花碗大,三年无梦到梅家",从此常画这一题材的画。梅兰芳的起居室里一直挂有齐白石画的牵牛花。雕花木匠出身的齐白石是有乡野味的大师,所以不是太在乎那些传统文人的格式格调,反倒是有一种天真自在,他自述"余二十岁后喜画人物,将三十喜画美人,三十后喜画山水,四十后喜画花鸟草虫",后期笔下多是花卉草虫。虽然他也爱梅花,故乡的房子叫"百梅书屋",可是他画梅花不像多数画家那样追求出世的清寒气息,倒是有股日常的舒展情态。■

牵牛花：乡土的气息

牵牛花　纸本设色　106cm×27.9cm　1920年　齐白石

向日葵 布面油画 1888年 凡·高（Vincent van Gogh） 慕尼黑新绘画艺术馆

　　1888年2月20日凡·高到法国南部的阿尔小镇，创作了一系列"向日葵"作品。他描绘的是19世纪的具有黄色双重花瓣的突变体向日葵，与今天通常所见的单螺纹的、较大花盘的向日葵不同。后者是为了生产葵花籽用于榨油或食用，所以培育更大的内部花盘，而凡·高描绘的向日葵内部花盘较小，有着突出的大而美丽的花瓣，更具有观赏性。

向日葵
太阳的神话

满院秋风敛嫩黄，扣槃扪烛望恩光。
踆乌万里谁知汝，犹是西倾倚夕阳。

——清·沈青崖《向日葵》

乾隆时浙江嘉兴人沈青崖在《向日葵》诗中赞美向日葵向太阳倾斜的特性，这一点不仅让中国人好奇，在欧洲也如此，人们常常赋予向日葵的圆形、黄色、向日性以象征意义。

当代人几乎都熟悉凡·高在法国南部画的一系列向日葵，那一幅幅颜色鲜艳的静物特写成了生命、意志张扬的象征，成了一种文化符号。这是20世纪现代都市人的文化观念，实际上对当时法国南部的农民来说，向日葵主要是一种经济作物，在花园中也只是普通的观赏植物而已，并不受重视，或许因为它的粗大形状、茎秆上毛刺和上流社会那种精致的审美趣味并不合拍。

在凡·高之前和之后，其他画家也描绘过向日葵，如印象派大师莫奈曾经描绘插在瓶子中的向日葵，这现实光影下的向日葵，因为光线和室内环境彼此影响而显得和室内环境交融在一起。而凡·高的向日葵几乎是从周边环境中跳跃而出的，凡·高关注的完全是自己的眼睛乃至思想中的形色，然后用快速、笨拙的手笔做了记录。

向日葵 布面油画 101cm×81cm 1881年 莫奈（Claude Monet） 纽约大都会博物馆

中国近代著名画家齐白石也绘制过向日葵的形象，其中一张是他1926年移居北京第八年创作的。那时62岁的齐白石还没有出名，难免有点焦虑，他绘制的这幅向日葵似乎先经历了干旱暴晒，又遭遇风吹雨打，有点蔫头耷脸，题诗中表达了希望能有所改变的心情：

　　　　茅檐矮矮长葵齐，雨打风摇损叶稀。
　　　　干旱犹思晴畅好，倾心应向日东西。

齐白石的另一张《向日葵》描绘的则是连日下雨之后的向日葵，他在题跋中写道：

向日葵：太阳的神话

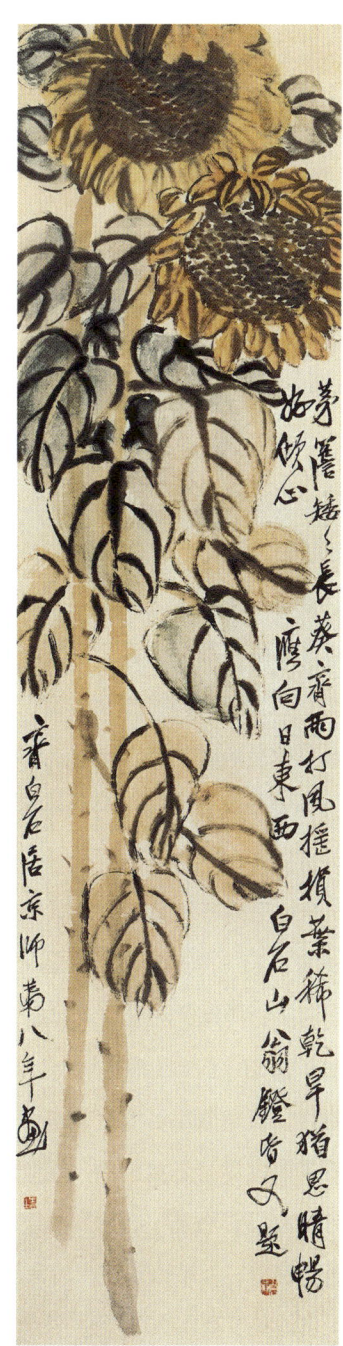

向日葵　纸本设色　1926年　齐白石

枝枝萧索近低墙，独汝葵心解向阳。

画手不知怜草木，四时淫雨日无光。

凡·高和齐白石其实年纪就差了 11 岁，他们的作品却显示出不同的特点。凡·高其实是个缺乏基础技术训练的画家，所以他的画常常拙于整体的结构，侧重对自己印象深刻的形体的变形刻画，好在 20 世纪主流大众文化追求的就是简单化、符号化，凡·高也就成了人们最为推崇的画家之一。

相比之下，齐白石比凡·高显得克制、理性，而且注重画面、色彩的整体控制，题跋也常常总结了作品整体的意趣，但是他面临的是同样的时代潮流。20 世纪中国的文化潮流也是趋向大众化，齐白石的画相对主流的山水、花鸟画的布局更加简约，设色更加鲜明，画的题材也是雅俗共赏的物事。他能在 20 世纪后半叶被称为最著名的艺术家和时代潮流有密切关系。

凡·高存世的 11 幅向日葵主题的作品，描绘的都是插在花瓶中或者刚割下来的花盘，没有在地里生长的向日葵。他似乎完全是因为这花的黄色和蓝色墙壁有着优美的对比，才开始着手要让"这未经粉饰的铬黄燃烧在蓝色的背景之上"，接连创作出一系列有关向日葵的作品。

凡·高对黄色的偏爱可能是他的疾病有关。1981 年的时候美国华盛顿特区乔治城大学医学院的托马斯·李博士（Thomas Courtney Lee）提出，凡·高晚期偏好黄色可能是由于服用药物洋地黄引起"黄视症"而带来的色觉偏差。

凡·高一家有明显的家族性精神病史，凡·高为了治疗躁狂症经常服用洋地黄。这种药物带有毒性，长期服用可能会带来眩晕、视觉模糊、黄视症等副作用，患有黄视症的病人看到的世界会是黄色的，就像戴了一副黄色眼镜一样，眼前还会出现各种颜色的晕环、旋涡，而凡·高后期的绘画中那些旋转的星空似乎是这种症状的体现。他对黄色的偏爱，似乎也正是因为常经历这症状造成的影响。

生前籍籍无名的凡·高在 20 世纪初被欧洲艺术界重新发掘和认识，但成为"众所周知"的文化偶像，要拜美国发达的大众媒体传播所赐：1934 年美国作家欧文·斯通（Irving Stone）写的《渴望生活——凡·高传》问世，成为大众畅销读物，1956 年好莱坞还改编成同名电影上映，后来斯通的书五十年间更是陆续翻译成八十余种文字，在世界各地发行两千五百万册。

凡·高其人其画早在 20 世纪初就由去日本、法国学画的留学生传回国内，但是那时候还仅仅为油画界熟悉，到改革开放后他的绘画和生平才获得广泛传播。以 1982 年《凡·高传》的出版和热销为代表，凡·高成为文化界都知道的"文化偶像"，他身前和身后的对比、困苦而疯狂的经历影响了很多人对于艺术家角色的想象。

说起来，向日葵对欧亚大陆的人来说都算是"新事物"。它的原产地是北美洲墨西哥一带，近 5000 年前美洲印第安部落就开始人工种植，野生向日葵在古印第安人的培育和选择下，花盘逐渐变大，籽粒增多，分枝习性逐渐退化成只开一盘花，结一巢果，进化成今天我们所见的栽培向日葵模样。印第安人吃它的花，也把种子磨碎了做面粉。

16 世纪初才航行到美洲的西班牙人把向日葵带到马德里的皇家植物园栽种，进而传播到西欧各地，当时都是当作新奇的园艺观赏植物。17 世纪末有人尝试把嫩花加上佐料做成凉拌生菜吃，并把籽粒采来作咖啡粉代用品和鸟饲料。

在欧洲，画家们对这种新奇花卉颇感兴趣，17 世纪中叶在伦敦为宫廷权贵作画讨生活的佛拉芒画家安东尼·凡·戴克（Anthony van Dyck）的一幅自画像边就出现了向日葵花盘，估计那时候的英伦人士还觉得这种花木是新鲜事物，否则不会如此郑重其事地摆在富贵人家的厅堂中。

让向日葵在变成常见植物的关键是对其榨油。早在 1716 年英国人布尼安就从葵花籽中提取出油脂，18 世纪初，俄罗斯的彼得大帝在考察荷兰的时候，把这种有着绚丽花朵的植物引入俄国。1829 年，俄国农民从葵花籽仁中榨出食用油，之后俄国人开始在田地中大面积种植。到 19 世纪中叶，由俄国人育成的各种油用向日葵栽培品种又从俄国传入北美的美国和加拿大，从而成了许多地方的主要油料作物。

西班牙人、葡萄牙人和荷兰人把向日葵带到了东南亚，它可能就是从南洋再传

手指向日葵的自画像　1633 年　油画　凡·戴克（Anthony van Dyck）

安东尼奥·凡·戴克出生在佛兰德斯，但却长期旅英创作和生活，是查理一世时期的英国宫廷首席画家。他在自画像中如此表现向日葵，似乎说明当时它还是权贵家中少见的稀奇植物。

入中国的华南、华东的。明嘉靖年间（1522—1566 年）浙江《临山卫志》就有关于向日葵的记载，万历年间赵岖著的《植品》卷二提到万历年间西方传教士将"向日菊"和"西番柿"传入，曾在浙江为官的山东人王象晋在《广群芳谱》（1621 年）中把这种新鲜物种称为"番菊""迎阳花""丈菊"，大概是因为花朵的颜色让人联想到菊花的姿容，而且长得挺拔。苏州文人文震亨 1639 年的《长物志》首次使用了"向日葵"这个名称。当时仅仅被极少数人当作观赏植物栽种，没有得到大面积种植。

19 世纪初，曾任贵州巡抚的吴其浚记载云贵地区的人把葵花籽炒熟以后在集市出售，就像卖西瓜籽、南瓜籽那样。这可能是因为西南地区气候干热，适宜向日葵生长，产量大，人们也乐于开发各种用途，就开始把葵花籽当作零食，似乎晚清时

向日葵 布面油画 110cm×110 cm 1907年
克利姆特（Gustav Klimt）

中国各地才流行嗑瓜子，或许和当时青楼、鸦片馆的发达有关，那里的人有大量的闲暇可以用嗑瓜子来消磨。

民国以来西北、东北许多地方都大面积栽种"油用向日葵"。到秋天的时候田里全是一个个灿然的花盘，街市上就有人直接出售刚掰下来的盘子，人们用拇指和食指夹出一个个外皮刚呈现出灰色的生瓜子，剥出翠白的籽儿吃下去。这种可食用而且实用的植物在我的童年印象里说不上多美或者多特别，就和大白菜、胡萝卜差不多吧。

世界各地的人容易接纳向日葵的象征意义，因为它和一个更庞大的象征意象"太阳"相关，太阳亘古以来就是人类熟悉的象征系统，从古代的大神，到近现代受到崇拜的政治领袖、祖国、理想，都能和这个耀眼的恒星拉上关系。古代南美洲的印加人就把向日葵当作太阳神的象征，而古希腊神话中也讲水泽之神克吕提厄被太阳神赫利俄斯抛弃以后，天天痴情地守望着赫利俄斯驾驶太阳车东升西落，最终化为一株类似菊花的向阳植物。

其实，有向阳特性的植物也不仅向日葵一种。北宋诗人梅尧臣《葵花》诗里写的"此心生不背朝阳,肯信众草能翳之"的葵花,大概是向阳的秋葵、蜀葵一类植物。

向日葵花的向光性是短期性的,从发芽到花盘盛开之前这一段时间,叶子和花盘在白天追随太阳从东转向西,这是因为在阳光的照射下,花托部分的生长素含量升高,刺激背光面细胞拉长,使得幼茎朝向生长慢的东侧弯曲,即向日葵花盘早晨向东弯曲。随着太阳在空中的移动,改变光照方向,向日葵花盘也不断改变方向,中午直立,下午向西弯曲,等太阳下山后,生长素重新分布,又使向日葵慢慢地转回起始位置,再次朝向东方等待太阳升起。可是等到向日葵花盘增大,花盘完全盛开后,转向就会停止,花盘会低下头不再旋转。■

吹泡泡的男孩 木板油画 25.7cm×18.4cm 1663年
兰斯·范·米里斯(Frans van Mieris) 杜塞尔多夫艺术宫博物馆

参考文献

1. 劳费尔著.林筠因译.中国伊朗编.北京：商务印书馆，1964.

2. 谢弗著.吴玉贵译.唐代的外来文明.北京：中国社会科学出版社，1995.

3. 佩内洛普·霍布豪斯著.童明译.造园的故事.北京：清华大学出版社，2013.

4. 汤姆·特纳著.王向荣译.世界园林史.北京：中国林业出版社，2011.

5. 费南德兹·阿梅斯托著.韩良忆译.食物的历史——透视人类的饮食与文明.台北；远足文化，2005.

6. 托比·马斯格雷夫，克里斯·加斯纳著.植物猎人.北京：希望出版社，2005.

7. 陈从周著.说园.上海：同济大学出版社，2007.

8. 夏纬瑛著.植物名释札记.北京：农业出版社，1990.

9. 程兆熊著.中华园艺史.台北：台湾商务印书馆，1985.

10. 吴建华著.唐代外来香药研究.重庆：重庆出版社，2007.

11. 王启柱著.中国农业的起源及发展——中国农业史初探.台北：渤海堂，1994.

12. 何炳棣著.黄土与中国农业的起源.香港：香港中文大学，1969.

13. 张光直著.中国考古学论文集.台北：台北联经，1995.

14. 陈文华著.农业考古.北京：文物出版社，2002.

15. 张星烺著.中西交通史料汇编.北京：辅仁大学出版社，1930.

16. 姜伯勤著.敦煌吐鲁番文书与丝绸之路.北京：文物出版社，1994.

17. 宋岘著. 古代波斯医学与中国. 北京：经济日报出版社，2001.

18. 朱筠珍著. 中国园林植物景观艺术. 北京：中国建筑工业出版社，2003.

19. 殷登国著. 中国的花神与节气. 台北：民生报社，1983.

20. 殷登国著. 草木虫鱼新咏. 台北：世界文物出版社，1985.

21. 程兆熊著. 中华园艺史. 台北：台湾商务印书馆，1985.

22. 何家庆著. 中国外来植物. 上海：上海科学技术出版社，2012.

23. 陈心启，吉占和著. 兰花文化和历史.《中国兰花全书》. 北京：中国林业出版社，1998 年.

24. 增田著. 隐藏在牡丹花中的秘密——久保辉幸. 人民网日本版"日本人在中国栏目"，2011 年第 39 期.

24. 许霖庆著. 非洲紫罗兰·香堇菜·紫罗兰.《中国花卉盆景》,2000 年第 5 期.

25. 李丹婕著. "玫瑰之名"的变迁.《东方早报·上海书评》,2016-07-17.

26. 扬之水著. 琉璃瓶与蔷薇水.《文物天地》,2002 年第 6 期.

27. shifanzhou 著：蔷薇. 中国生物论坛植物学版，转引自天涯论坛"闲闲书话"板，2004-03-12.

28. 中国科学院中国植物志编辑委员会著. 中国植物志. 北京：科学出版社，2004.

29. 中国植物志 *http://frps.iplant.cn/*

30. 中国植物主题数据库 *http://www.plant.csdb.cn*

31. 维基百科 *http://www.wikipedia.org*

32. 植物插画 *http://plantillustrations.org*

33. *http://www.gardenguides.com/*

34. A.Crosby. Ecological Imperialism: The Biological Expansion of Europe, 900–1900. London：Cambridge Univ. Press, 1986.

35. J.Berrall. A History of Flower Arrangement. Southampton：The Saint Austin Press，1978.

36. J.Fisher.The Origin of Garden Plants. London: Constable & Company, 1983.

37. P. Hulton and L. Smith. Flowers in Art from East and West. London: British Museum Publications, 1979.

38. B. Seaton. The Language of Flowers: a History. Charlottesville & London: University Press of Virginia, 1995.

39. H.Baker. Plants and Civilization. Belmont, Calif: Wadsworth Pub,1978.

40. C. Ponting. A Green History of the World: The Environment and the Collapse of Great Civilizations. New York: Penguin Books Ltd, 1991.

41. H.Baumann. The Greek Plant World: in Myth, Art and Literature. (1982, trans. by W.T. Stearn and E.R. Stearn, 1993) Portland: Timber Press,1993. ∎

后　记

在雨后的一座庭院中看到了两株盛开的紫玉兰，那种纯粹、集中、饱满的美让我永远记住了西班牙古城圣地亚哥·德·孔波斯特拉。此前，这里已经下了几天的小雨，憋在旅社中感觉情绪差点发霉，放晴后急忙到街上闲逛，偶然走入那座老房子，进入中庭的瞬间看到如此醒目的花木，顿时就让人心眼一亮。

在异域的旅行让我开始关注许多以前习而不察的东西，比如去一个公园中去观察蜗牛，去海边的石壁上寻找紫罗兰，去博物馆中查阅那些古老的植物图谱著作，那时候有许多空闲的时间可以浪费在这些微小的快乐上。这些实地的见闻又不断勾连起我的童年记忆，想起母亲在阳台的花盆里栽种的吊金钟，想起和朋友一起去乡野的田地里费劲摘向日葵花盘。

那时翻看过一些写花木的英文著作，有美丽的图片，文字大多记叙欧洲人欣赏、栽培花木的历史和故事，对中国花木文化的介绍显得浮皮潦草，就想自己有这么多空闲，不如就从自己的角度写写见闻，从全球文化比较和文明传播的角度写一本书，尤其是增加点中外对比的视角，于是就在咖啡馆、旅舍中抽空写了一些文章，积累下来竟然有几十万字，零零散散曾在《人民文学》《北京晚报》等报纸杂志上发表过节选篇章，曾在商务印书馆出版《花与树的人文之旅》一书。

在这本书里，我常以一首诗、一幅画为引子，意在唤起读者对于花木的想象，然后追溯它们的历史，从全球文化比较的角度写它们在全球的传播路径，在实用和象征两个层面发生了怎样的演变，如何与政治、经济、文化、科技等影响因素互动，如何在绘画、诗歌及流行文化中被表现，探寻从古到今人们如何在各自的文化中认

后记

知、利用、赋意这些美丽的植物。穿插的艺术作品图片不仅仅是佐证文字内容,更是为了提供一种视觉的直观印象,引导读者踏入"审美认知"的路途,那里的风景有待每个人自己前去探索。

最后,感谢编辑团队专业、细致的工作让这本书得以出版。感谢我的家人和那些在旅途中偶遇的朋友,与你们的交流是激发我写作这本书的最大动力。

周文翰■

图书在版编目（ＣＩＰ）数据

花与画的艺术之旅 / 周文翰著. -- 武汉：长江文艺出版社，2021.1
（古典博物志）
ISBN 978-7-5702-1415-0

Ⅰ．①花… Ⅱ．①周… Ⅲ．①散文集－中国－当代 Ⅳ．①I267

中国版本图书馆 CIP 数据核字(2020)第 002379 号

责任编辑：梅若冰　　　　　　　　　责任校对：毛　娟
封面设计：璞茜设计　　　　　　　　责任印制：邱　莉　杨　帆

出版：长江出版传媒　长江文艺出版社
地址：武汉市雄楚大街268号　　　邮编：430070
发行：长江文艺出版社
http://www.cjlap.com
印刷：武汉市金港彩印有限公司

开本：710 毫米×970 毫米　　1/16　　印张：17.5
版次：2021 年 1 月第 1 版　　　　2021 年 1 月第 1 次印刷
字数：200 千字

定价：58.00 元

版权所有，盗版必究（举报电话：027—87679308　87679310）
（图书出现印装问题，本社负责调换）